文春文庫

枝豆とたずね人

ゆうれい居酒屋5

山口恵以子

文藝春秋

目次

この作品は文春文庫のために書き下ろされたものです。

本文カット　川上和生
編集協力　澤島優子
ＤＴＰ制作　エヴリ・シンク

枝豆とたずね人

ゆうれい居酒屋

5

第一話

星空の鰯

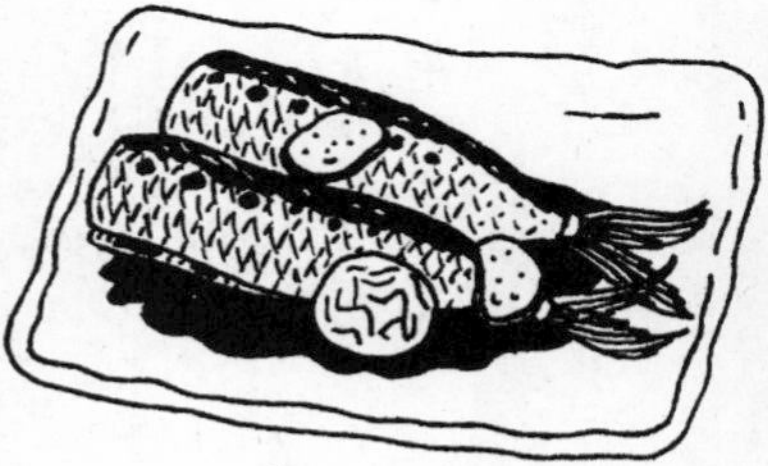

美容師がセットの終わった髪にスプレーをかけた。秋穂《あきほ》は神妙に椅子《いす》に腰かけていたが、内心イライラしていた。

まったく、たかがショートカットのセットに、どんだけ時間かけるのよ。式に間に合わなかったら、どうしてくれるの。

秋穂は式の行われるホテルの美容室に、髪の毛のセットと着付けを頼んだことを後悔した。こんなことなら近所の美容室にすれば良かった。どういう経緯で、見も知らぬホテルの美容室に頼んでしまったのか、頭が混乱して思い出せない。

「それではお着替えの方に移らせていただきます」

美容師に言われて立ち上がり、着付け用の部屋に移動した。そこには三人、江戸褄《えどづま》の着付けを施されている先客がいた。

美容師が持参した風呂敷包みを開いた。

「……!?」

中身を見て秋穂は息を呑み、言葉を失った。何と、黒留袖を入れてきたはずが、七五三の振袖《ふりそで》が入っているではないか。

「こ、こんな……」

秋穂は狼狽《うろた》えたが、美容師は少しも驚かず、振袖を風呂敷から出した。

「肌襦袢《はだじゅばん》はお召しになっていますね。それでは長襦袢を」

「あの、ちょっと待ってください」

振袖も長襦袢もツンツルテンだ。この美容師たちは、どうして誰も不審に思わないのだろう。

すると、更衣室の入り口が開いて、正美《まさよし》が飛び込んできた。

「あ、秋穂、大変だ！」

正美は血相を変えていた。しかも、その服装は蝶ネクタイにブレザー、半ズボンという、まさに七五三か入学式のスタイルではないか。

いったい、どうなってるのよ！

叫ぼうとしたところで目が覚めた。

顔を上げると自宅の茶の間だった。午後のテレビを見るうちに、いつの間にかちゃぶ台に突っ伏してうたた寝をしていたらしい。

壁の時計を見上げると、そろそろ四時半になろうとしている。下に降りて、開店の支度をしなくてはならない。

秋穂は小さく欠伸《あくび》をすると、大きく伸びをして立ち上がった。

部屋の隅には仏壇がある。いつものように蠟燭《ろうそく》を灯《とも》し、線香に火を移して立てると、おりんを鳴らして手を合わせた。

あなた、また変な夢見ちゃった。あれは誰の結婚式だったのかしらね。

目を開けると、写真立ての中から正美が微笑《ほほえ》み返した……ように思った。元々遺影は笑顔なのだ。大好きな釣りの時に撮ったスナップで、釣り師の好むポケットの沢山ついたベストを着ている。遺影からははみ出しているが、釣果《ちょうか》のカツオを自慢げにぶら下げているショットだった。

今の季節もカツオは釣れるのかしらねえ。

秋穂は心の中で独りごちて蠟燭を消した。

それじゃ、行ってきます。

秋穂はもう一度正美の写真に挨拶《あいさつ》してから、店に通じる階段を下りた。

ＪＲ新小岩《しんこいわ》駅は東京都葛飾《かつしか》区の最南端に位置する駅で、在来線の総武《そうぶ》線快速と中央・

総武線の各駅停車の二系統の停車駅であり、一日の乗降客は十二万人を超える。これはJR東日本の駅ランキング第五十五位で、飯田橋《いいだばし》や原宿《はらじゅく》より上位になる。

総武線快速は横須賀《よこすか》線や内房《うちぼう》線・外房《そとぼう》線と乗り入れをしていて、成田《なりた》から逗子《ずし》まで直通する車両もある。もちろん、東京、品川《しながわ》、横浜《よこはま》も直通で、交通アクセスは極めて良い。

駅の北口と南口には商店街が広がり、日々の生活に必要なものはたいてい賄《まかな》える。そして新小岩という土地柄は昔ながらの下町で、物価は安いし、家賃も安い。三軒茶屋《さんげんぢゃや》、下北沢《しもきたざわ》、自由《じゆう》が丘《おか》など若者に人気の街に比べると、おしゃれ度は低いが、交通アクセスと家賃・物価の安さでは勝っている、と思う。

これまで成城石井《せいじょういしい》やスープストックトーキョーが出店しなかったのは、新小岩ではお客が来ないのを知っているからだろう。昔、原宿や六本木《ろっぽんぎ》で行列のできていたハーゲンダッツは、錦糸町西武《きんしちょうせいぶ》に出店したものの、すぐに閉店してしまった。下町にブランドは似合わないのだ。

そんな下町の代表新小岩も、少しずつ様変わりしている。昨年は駅ビルが完成し、南口から北口へ駅構内の通り抜けが出来るようになり、商店も充実した。

そして今年から、南口の再開発工事が始まる。二〇二七年には駅前広場に九階建てのビルと十一階建てのビル二棟が建ち、平和橋《へいわばし》通りを進んだ先には二〇三二年に三十九階建て、高さ百六十メートルの高層ビルが建つ予定だ。ビルの低層階には商業施設とオフィス、高層階には住宅五百五十戸が入る。つまり、タワマンだ。

長年、新小岩のランドマークといえば、南口に広がるルミエール商店街だった。全長約四百二十メートルのアーケード商店街は、江戸川《えどがわ》区の松島《まつしま》にまで伸び、昭和三十四(一九五九)年に設置された当時は、日本一の長さを誇った。そして今でも大いに誇れるのは、店舗の稼働率だ。軒を連ねる百四十店舗は、ほとんどすべての店が営業していて、閉店してもすぐに次の店がオープンする。シャッター街と化す商店街が増える中、下町の元気な商店街の代表格に違いない。

ここで気になるのは、噂《うわさ》のタワマンがルミエール商店街と背中を接する位置に建設されることだ。商店街の入り口に立つと、左隣がタワマンだ。商店街の隣にタワマンが建った例は、多分、今までないだろう。

果たしてルミエール商店街は、タワマンの足元にひれ伏してしまうのか? 商店街の運命やいかに?

そんなルミエール商店街の中央通りは店舗の入れ替えが激しく、昭和三十年代から残っているのは第一書林《だいいちしょりん》を筆頭に、わずか数店舗だけになった。しかし、一本裏通りに入れば、そこは昭和レトロな店がまだ頑張っている。

「米屋《よねや》」もその一軒だ。何の変哲もない小さな居酒屋で、入り口に提げた小さめの赤提灯《あかちようちん》が遠慮がちに灯っている。自宅を改造して夫婦で店を始めた頃は、釣りが趣味の主人の釣果で海鮮居酒屋を謳《うた》っていたが、十年ほど前に主人が急死してからは、女将《おかみ》が一人で素人《しろうと》料理を商って、細々と営業を続けている。

素人女将のワンオペ居酒屋だから、ミシュランの星なぞ期待できない。それでもありがたいことに、通ってくれるお客さんに支えられ、女将も多少は腕を上げたようだ。

近頃は時おり、下町の素人居酒屋にはふさわしからぬ人たちが、店を訪れるらしい。もしかして、今夜もそんなお客さんがやってくるのだろうか。

開店の支度を終えて暖簾《のれん》を出し、ラジオを聴いていると、入り口のガラス戸がガタピシと鳴った。

「いらっしゃい」

入ってきたのはご常連の二人、沓掛音二郎《くつかけおとじろう》と井筒巻《いづつまき》だった。

「この戸、すべりが悪くなったねえ」

カウンターに腰かけながら巻が言った。

「建具も人間と同じ、寄る年波にゃ勝てねえな」

音二郎も軽口を叩《たた》いて腰を下ろした。

「いずれ大工さんを頼もうと思ってるんだけど、まだいいんじゃないかって……」

秋穂は二人におしぼりを出し、お通しのシジミの醬油漬《しょうゆづ》けを小皿に盛った。

「そうこうしてるうちに重症になるよ。ほっといたって良くなんないのは、虫歯と同じ」

巻はダイヤの指輪をはめた左手をひらひらと振った。これも年季の入った蛍光灯の光を受けて、ダイヤは控えめに輝いた。

巻は美容院「リズ」のオーナー店主だが、今は店は娘の小巻《こまき》に任せ、自分は指名のお客があった時だけ腕を振るう。仕事中指輪は外しているので、指輪をはめるのは「本日終業」の印なのだ。

「はい、どうぞ」

米田《よねだ》秋穂は氷とキンミヤ焼酎《しょうちゅう》を入れたジョッキとホッピーの瓶《びん》を、音二郎の前に置いた。音二郎は一杯目はホッピーと決まっている。「ホッピー」とは、麦芽《ばくが》飲料ホッピーに焼酎を加えた居酒屋定番のドリンクだ。ちなみに居酒屋用語ではホッピーを《外《そと》》、焼酎を《中《なか》》と呼ぶ。最初の一杯でホッピーは瓶に半分ほど残るので、たいていの場合お客さんは《中》をお代わりする。

「おばさん、もうちょっと待ってね」

　秋穂は巻に声をかけた。巻は一杯目からぬる燗《かん》と決まっている。ビールやホッピーは「水っぽい」と言って好みではない。

　熱湯で湯煎《ゆせん》して二分二十秒が、ぬる燗の目安となる。秋穂は熱湯の入った薬罐《やかん》から徳利《とっくり》を引き上げ、布巾《ふきん》で水気を拭《ふ》いてカウンターに置いた。それから巻の猪口《ちょこ》に酌をした。最初の一杯はサービスだ。

　巻は美味《うま》そうに猪口を干すと、シジミを口に運んだ。このシジミの醬油漬けは台湾《タイワン》料理屋の主人から教えてもらったレシピで、梅干しが隠し味になっている。

「秋ちゃん、じめじめするから、何かさっぱりしたもん、食べたいわ」

「はい。ちょい待ちね」

　秋穂は冷蔵庫から保存容器を取り出した。中に入っているのはレンジ塩蒸しナス。ナスをレンチンして塩水に漬けておくだけだが、しっとりとしてジューシーなナスの食感がそのまま保たれている。しかも冷蔵庫で三日は保存できる。

　皿に盛ったレンチン塩ナスに、ほんの少しオリーブオイルを垂らし、千切りの大葉《おおば》を散らして香りをプラスすると、爽《さわ》やかで酒の進むつまみが完成する。

「こりゃイケる。今の季節に持ってこいだわ」

巻の横では音二郎もナスを口に入れ、大きく頷《うなず》いた。

「うん。乙《おつ》な味だ」

秋穂は別の容器を取り出した。中身は生姜《しょうが》なめたけ。なめたけと椎茸《しいたけ》をめんつゆで煮て、すり下ろし生姜を混ぜるだけ。お手軽だが、ご飯のおかずにも酒の肴《さかな》にもなる。

今日は冷たい豆腐の上にかけて、冷や奴《やっこ》の薬味にした。寒い季節には豆腐をレンチンして温奴にすると、これもまたほっこりした味わいになる。

「生姜とネギも良いけど、これもイケるわよ」

秋穂はガラスの器にスプーンを添えて出した。

音二郎も巻も勧められるまま口に運び、舌鼓《したつづみ》を打った。

「お酒に合うねえ」

「これは日本酒かな」

音二郎はホッピーのジョッキと巻の徳利を見比べた。

「秋ちゃん、お猪口もう一つ」

音二郎が巻に向かって片手を立て、拝む真似《まね》をした。

「お巻さん、次のつまみはおごるよ」

「気にしなくたっていいわよ」

巻は音二郎に酌をしてから、自分の猪口に手酌で酒を注いだ。

「うん、やっぱり日本酒だ」

音二郎はたちまち猪口を空《から》にした。巻はすかさず二杯目を注いでやり、秋穂に向かって指を一本立てた。ぬる燗をもう一合という合図だ。

「おじさん、最近面白い仕事、あった？」

音二郎は口をへの字に曲げて首を振った。

「さっぱりだ。そもそも着物の手入れをしようってお客が、すっかり減っちまったからな」

音二郎の職業は悉皆屋《しっかいや》だ。悉皆とは「ひとつ残らず」という意味で、着物の世界で「悉皆屋」とは着物のメンテナンスのプロデューサーといって良い。洗い張り、染み抜き、染め替え、カビ取り、紋入れ、紋替え、柄足し、寸法直し、リフォームなど、その仕事内容は多岐にわたる。

しかし、今は着物を染め替えるとか、紋を入れ替えるとか、そういう発想を持つ人が少数派になってしまった。着物を着るのは七五三と成人式、卒業式だけという女性は少なくない。その着物や袴《はかま》も、今やレンタルの方が多くなった。若い頃に誂《あつら》えた着物を年齢に合わせて地味に染め替えて着るなど、一枚の着物を大切に着続けている人は、もはや絶滅危惧種なのだ。

音二郎は名人と謳われた職人だ。臨終に瀕《ひん》していた着物を再生させた経験は、数えきれない。しかし、その腕前を発揮する機会は年々少なくなって、昔とは比べるべくもない。それでも細々と仕事を続けているのは、数は減ったが昔からのお客さんの注文と、口コミで新しいお客さんも訪れるからだった。

「今日、自分が成人式に着た振袖を、娘の成人式にも着せたいってご婦人が来てな」

音二郎が思い出したように言うと、巻が尋ねた。

「寸法直しかい？　今時の娘は大柄だからね。寸法が出なかったとか？」

「それは大丈夫だった。縫込《ぬいこ》みがたっぷりあったんで。ただ……」

音二郎は猪口を傾けて干した。

「お客さんが少し浮かない顔してるんで、訊《き》いてみた。そしたら、どうも娘が乗り気じゃないって言うんだ。友達は振袖を新調してもらってるから、自分も新しいのが欲しいと」

「ふうん。あたしなら、自分の母親の振袖を着るのは、嬉《うれ》しいけどねえ」

「お客さんもそう思ってたんだろう。亡くなったお母さんが縫《ぬ》ってくれた振袖だそうだ。お客さんは笠井《かさい》さんって人で、お母さんは、仕立物の仕事をしていたんだと」

巻が懐《なつ》かしそうに目を瞬《また》いた。

「いた、いた。昔は町内に一人や二人は、仕立物を生業《なりわい》にしてる人がいたよねえ」

「笠井さんのお母さんは、デパートの呉服部から仕事をもらってたそうだ」

「へえ。デパートから仕事を任されるのは、腕の良い証拠だね」

「何でも、吉井《よしい》式早縫いの学校を出たとかで」

「吉井式早縫い！」

巻が声を高くしたので、秋穂は訊いてみた。

「それ、何？」

「吉井なんとかさんって女性が発明した、ものすごく速く着物を仕立てる方法だよ。学校を作って早縫いの技を後進に伝えたって聞いたけど、笠井さんとやらのお母さんは、そこの卒業生なんだね」

驚異的な和裁早縫い術を発明したのは吉井ツルエという女性で、東京の大泉学園《おおいずみがくえん》に吉井式和裁早縫専門学校を創立した。吉井ツルエは医学博士でもあり、それまでの和裁方法を見直し、体に負担がない能率的かつ合理的で美しい早縫法を提唱した。同校の生徒の最短記録は、袷《あわせ》一枚を三時間以内に仕立てたという驚異的なものだ。同校はすでにないが、その流れをくむ和裁学校が岐阜《ぎふ》にある。

音二郎が説明を加えた。

「俺も吉井式早縫いは聞いたことがある。どんな名人でも、一日に仕立てられるのは袷二枚が限界だ。ところがこの吉井式早縫いを身につけると、一日に袷を五枚仕立てられるってんだ」

「すごいわねえ」

「昔は仕立物で家計を支えてる人も多かったから、吉井式早縫いが出来ると出来ないじゃ、収入にも差があったと思うよ。吉井式早縫いなら、女の人でも家が建つって言われたくらいさ」

巻が言うと、音二郎が頷いた。

「それ、それ。笠井さんのお母さんはデパートからの仕事をバリバリこなして、家を新築したんだと」

「へええ」

秋穂はすっかり感心してしまった。

「そのお母さんが自分のために一生懸命縫ってくれた振袖だから、是非とも娘の成人式に着せてやりたい……母心なのさ」

「そうよねえ。どうして娘さんにはそれが分からないのかしら」

「それで音さん、娘は何て言ってんだって？」

「地味だと抜かしたらしい。俺の目には無地場《むじば》を生かした良い柄行《がらゆき》に映ったが」

「そりゃ音さんが正しい。プロだからね」

「それに、デパートの呉服部で仕事をしていたお母さんなら、着物は目利《めき》きよ。きっと良い反物《たんもの》を選んだはずだわ」

　巻と秋穂の賛同を得て、音二郎は自信に満ちた口調で言った。

「それで俺は言ったんだ。『奥さん、そんなら少し柄を描き足しましょうか。そうすりゃ華やかになりますよ』って」

「ああ、それは良い考えね」

　音二郎は以前、子供の晴れ着のシミの上に柄を描き足して、見事に消してしまった。音二郎の腕なら、元の柄と調和した新しい柄を描くことが出来るだろう。

「ところがお客さんの顔色は冴えない。それで俺ははっきり訊いてみた。本当は何が問題なのかって」

　すると笠井葉子《ようこ》は、溜息《ためいき》と共に胸のつかえを吐き出した。

「娘は私がお金を惜しんでると思ってるんです。新しい振袖を買うのがもったいないから、古着で済まそうとしているんだって」

娘の双葉《ふたば》の通う女子大は所謂《いわゆる》お嬢様学校で、友人たちはみな裕福な家の娘だった。葉子の家は普通のサラリーマン家庭で、貧しくはないが特別裕福ではない。双葉にいささか分不相応と思える大学の入学を認めたのは、良い友人に恵まれるのを期待したからだ。双葉が恥をかかないように、葉子はそれなりに気を遣ってきた。入学金と学費の他に、寄付金も支払った。友人たちと海外旅行に行く時も、旅費を出してやった。しかし双葉は、自分の家が友人の家より貧しいことをひけめに感じていたのだろうか。だとしたら、双葉を今の大学に入学させたのは失敗だったことになる……。

「だから俺は言ってやった。『娘さんは間違ってるが、奥さん、あんたも間違ってますよ』って」

音二郎は葉子の持参した振袖を、衣桁《いこう》にかけて指し示した。

「この友禅《ゆうぜん》の模様を見てください。よほどの名人の筆ですよ。今の職人にこれだけの仕事のできるものは、いやしません。この箔《はく》の置き具合も、刺繍《ししゅう》の見事さも、実に大したもんです。今じゃもう、同じものは作れません」

多少は言葉を飾ったが、八割方は本音だった。

「お嬢さんに言ってください。嘘《うそ》だと思ったら、お友達の振袖と比べてみなさいって。絶対にこの振袖が一番上等です。見る人が見れば分かりますって」

音二郎の言葉で、葉子は目からうろこが落ちた気がした。同時に、目頭が熱くなった。和裁に生涯をかけた母が、この振袖にどれほどの思いを込めてくれたか、あらためて感じ入った。

葉子は音二郎に深々と頭を下げた。

「ありがとうございます。ご主人の今のお言葉、そっくり娘に伝えます。その上で、もう一度娘と相談します。柄を描き足すか、このままでいいか。それでも娘が新品にこだわるなら、私はお金を出しません。自分で働いたお金で買いなさいと言ってやります」

音二郎の話が終わると、秋穂も巻も大きく頷いた。

「そうよねえ。それが筋だわ」

「その娘に母心が伝わるといいんだけどねえ」

「ま、俺は笠井さんが納得してくれたんで、それでいい」

音二郎はホッピーを飲み干すと「中身、お代わり」と注文した。

秋穂は焼酎をショットグラスに注ぎ、音二郎のジョッキにあけると、三品目のつまみを作った。

「これ、ちょっと珍しいわよ」

出てきたのは、三センチほどの長さに切ったキュウリとうずらの卵だった。キュウリは縦割りにして種を取り、そのくぼみにうずらを載せている。

「うずらを茹《ゆ》でて、味噌《みそ》ダレに漬けたの。キュウリと一緒に、サラダ感覚で」

味噌、醬油、酒、砂糖、ゴマ油、水を混ぜたタレに漬けて、冷蔵庫で一時間以上置けば出来上がりだ。味が濃くなるので、二日以内に食べ切った方が良い。

「ネギ塩ダレとか台湾風なんかもあるのよ」

音二郎と巻は、それぞれキュウリに載せた味玉を口に入れた。美味いものを食べた時の緩《ゆる》い波が、二人の顔に広がった。

「こりゃあ、ただのうずらとは大違いだ」

「でしょ。自分で茹でると、売ってるのとは段違いよ」

「改めて思ったけど、うずらって味がギュッと詰まってるね。これに比べると鶏卵が大味に思えてくる」

「特におつまみにはぴったりサイズよ。今度、別の味玉も作ってみるわ」

音二郎も巻も、高齢で食が細くなっている。米屋で食べるつまみが夕食代わりなので、秋穂はなるべく野菜とタンパク質の摂《と》れるつまみを心掛けている。

続いて秋穂は米屋の看板商品、モツ煮込みを出した。牛の内臓をトロトロになるまで柔らかく煮込んである。酒と味噌、醬油を合わせた煮汁は、二十年前から注《つ》ぎ足してきたヴィンテージものだ。

モツは何度も茹でこぼしてから煮るので、臭みは全くない。そして内臓肉は栄養の塊《かたまり》で、正肉より栄養価が高い。虎やライオンが獲物をしとめると、まず内臓から食らうのはそれ故だ。

と、ガラス戸がガタピシと鳴った。

「いらっしゃい」

釣具屋の主人、水《み》ノ江《え》時彦《ときひこ》だった。トレードマークのポケットが沢山ついた釣り師仕様のベストを着ている。

「ホッピー」

時彦はカウンターに腰を下ろして注文を告げると、秋穂に紙包みを差し出した。

「これ、お土産《みやげ》」

「あら、ありがとう。何かしら」

「丸久《まるきゆう》の佃煮《つくだに》。佃に行ってきたんだ」

「まあ、わざわざすみません」

「和竿《わざお》の出物があるって聞いて、出かけたんだよ」

時彦は江戸和竿のコレクターだ。たまに掘り出し物を手に入れたと言って自慢することもある。しかし今日は、おしぼりで手を拭いている顔を見れば、「それで、どうだった？」と訊くまでもなかった。高くて手も足も出なかったのだろう。

「自分で食べても、店で出してもいいよ」

「ありがとうございます。私、佃に行ったことないから、佃の佃煮って嬉しいわ」

佃煮は言うまでもなく、佃島の漁民が保存食としていた魚介の煮しめが発祥である。

「最近、誰か佃に行ったことあるかい」

時彦の問いに、全員首を振った。

「東京の離れ小島よね。三十年前まで渡し船があってさ……」

巻がうっとりと目を細めた。

「昔、勝鬨橋《かちどきばし》が開くのを観に行ったわ」

「別れた旦那《だんな》さんと？」

「まさか」

巻は秋穂に向かってニヤリと笑った。

「別口よ。もう昔だけどね」

「たしか東京オリンピックの年に佃大橋が出来て、それで渡しもなくなったんだよな。もう三十年……いや、そんなに経《た》ってないか」

音二郎は指を折って過ぎた年を数えた。

「勝鬨橋も、中止になった東京オリンピックの年に架《か》かったんだよ。どっちの橋もオリンピック絡《がら》みで出来たんだなあ」

時彦の言う中止になったオリンピックとは、昭和十五（一九四〇）年に開催が予定されて準備を進めていたが、時局柄やむなく開催権を返上し、実現しなかった幻の東京大会のことだ。

「今度、機会があったら佃に行ってみなよ。ビックリするから。隅田川《すみだがわ》を睨《にら》んで、天まで届くような高いビルが何棟も建っててよ、俺は何処《どこ》の国に来たかと思ったぜ」

「あそこら辺は、石川島播磨《いしかわじまはりま》重工があったんじゃ……」

「工場はとっくに移転したらしい。その跡地を開発したんだと。地下鉄まで通ってんだ。有楽町《ゆうらくちょう》線に月島《つきしま》って駅があって」

時彦の言うのは大川端《おおかわばた》リバーシティ21のことだ。東京ウォーターフロント開発のさきがけであり、後に次々と竣工したタワー型高層マンションの原型となった。

「それが一つ区画が変わると、神社や昔ながらの住宅が残ってて、何とも不思議な景色だった」

秋穂は時彦にも音二郎たちと同じつまみを出して並べた。時彦はホッピーを飲み、味玉を口に入れると目を細めた。
「ちょうど時分どきだったんで、昼めし食いに入った食堂が大当たりで……」
時彦は生姜なめたけを載せた冷や奴に箸《はし》を伸ばし、先を続けた。
「昔、お客さんに佃でご馳走《ちそう》になったことがあるんだ。有名なホテルで働いてたってい
うマスターがやってる洋食屋で、そりゃあ美味かった。料理はもちろん、店の奥さんが
すごい美人で、びっくりしたよ。おまけにマスターも苦み走った好い男でさ。俺はあん
な美男美女の夫婦って、初めて見た」
「その店、今でもあるの？」
巻が時彦の方に身を乗り出した。
「うん。だけど、もう洋食屋じゃない。普通の食堂になってた。マスターが亡くなって、
今は息子と二人でやってるんだって」
「息子も好い男？」
時彦は首を振った。
「クマのぬいぐるみみたいで、可愛《かわい》げのある顔だったけど。奥さんは相変わらずきれい
だった」
「でも、期待してた洋食が食べられなくて、がっかりだったわね」

秋穂が言うと、時彦は再び首を振った。

「普通の家庭料理だったけど、手を抜かない味でうまかったよ。ハンバーグ定食はご飯と味噌汁、漬物、小鉢《こばち》二品とサラダがついて、七百円なんだ。しかもご飯と味噌汁はお代わり自由だって。十年前なら三杯食えたんだけどな」

時彦は昼ごはんを思い出したのか、目尻《めじり》を下げた。

「ねえ、皆さん、シメに鰯《いわし》なんてどう？」

「あら、いいわね」

巻が即答した。

「梅雨《つゆ》どきはジメジメして大嫌いだけど、鰯だけは別。今が一番、脂《あぶら》がのって美味《おい》しい」

「塩焼きで良い？　梅煮は少し時間かかるけど」

「あたし、塩焼き。梅雨の鰯と秋の秋刀魚《さんま》は、塩焼きが一番」

「俺もお巻さんと同じで」

「俺は梅煮。もうちょっとゆっくり飲んでく」

時彦だけは梅煮を選んだ。

秋穂は冷蔵庫から丸々と太った鰯を三尾取り出した。二尾に塩を振り、ガス台の魚焼きグリルに入れた。一尾は頭を取り、内臓を出した。梅干しと薄切りにした生姜と一緒に、醤油とみりんを一対一で混ぜた汁で煮る。旬の鰯は似ても焼いても美味い。

グリルから盛大に煙が上がり、魚の焼ける香ばしい匂《にお》いが客席まで流れた。換気扇がなかったら、とても店の中では焼けない。

秋穂はグリルを覗《のぞ》き込み、脂に火が移った鰯を見て嬉しくなった。鰯と秋刀魚はこうでなくちゃいけない。内臓までしっかり火を通すために、つまみを弱火にした。

「昔は換気扇なんてないから、秋刀魚は路地に七輪《しちりん》出して焼いたわ」

「うちもだよ。どういうわけか、秋刀魚を焼くのは親父の仕事だった」

音二郎が鼻いっぱいに匂いを吸い込んで言った。

鰯が焼き上がると、秋穂はご飯と海苔《のり》吸《す》いを添えて出した。

海苔吸いはほぐした梅干しと焼き海苔を椀《わん》に入れ、お湯を注いでほんの少し醤油を垂らした簡単な吸い物だ。吸い物の準備がなくてもすぐに出せる。

時彦が空になったジョッキを指さした。

「秋ちゃん、中身お代わり。それと、何か肉っぽいもの」

「蒸し鶏《どり》とコンビーフ、どっちがいい？」

「そうさなあ。鶏にしとくわ」

蒸し鶏もコンビーフも手作りだ。時間はかかるが手間はかからない。そして保存がきくから、すぐ出せる。

皿にちぎったレタスを敷き、その上に蒸し鶏を切って並べた。ネギと生姜と酒の風味がたっぷり乗って、肉はジューシーで柔らかい。

時彦が蒸し鶏を肴に二杯目のホッピーを飲み終える頃、音二郎と巻も食事を終えた。

「ご馳走様」

「お休みなさい」

二人が出ていくと、秋穂は素早くカウンターを片付け、鰯の梅煮を皿に盛りつけた。

「ご飯、どうします？」

「う～ん、半分くらい」

「はい」

秋穂がジャーの蓋《ふた》を開けた途端、雷鳴がとどろいた。店の中にいても一瞬振動が伝わるくらい大きな音だ。

続いて、雨粒が屋根を打つ音が響いた。かなりの土砂降りだ。

「おじさんとおばさん、もう家に着いたかしら？」

「大丈夫だと思うよ」

「急に、いやあねえ」

夕方までは晴れていたので、雨が降るとは思ってもいなかった。

「しょうがないよ。梅雨だから」

その時、ガラス戸が盛大な音を立てて開き、若い男女が飛び込んできた。

「いらっしゃ……」

二人ともずぶぬれだ。お客ではなく、雨宿りに避難したのだとひと目で分かった。

「どうぞ、使ってください」

秋穂は乾いたタオルを二本持ち、カウンターから出て二人に渡した。

「すみません」

十倉準平《とくらじゅんぺい》は頭を下げて受け取り、最上莉奈《もがみりな》もそれに倣《なら》った。

「大変でしたね。遠慮しないで、ゆっくり雨宿りしてってください」

秋穂は二人に椅子を指し示し、カウンターの中に戻った。

「お茶、如何《いかが》ですか？　それとも冷たいものの方がいい？」

「あ、僕、ビールいただきます」

準平は一番端の椅子に腰を下ろして答えた。

「無理して飲まなくていいわよ。どうせこの雨じゃお客さんも来ないから、ゆっくりしてください」

「いえ、本当にビール飲みたいんです」

準平と一つ置いた椅子に腰を下ろした莉奈も言った。

「あの、私、ホッピーください」

「お嬢さん、ウーロン茶でなくて大丈夫？」

「はい。ホッピーは低糖質でプリン体ゼロだから、ヘルシーなんです」

その言葉に時彦は笑いをかみ殺した。米屋でホッピーを頼む客は、ヘルシーだからではなく、昔からの習慣で注文するのだ。そもそもの始まりは、ビールが高かった時代、安くてビールに似た酒を求めたことから誕生したのがホッピーだ。

準平と莉奈は、いきなりの通り雨で偶然入った店の中を見回した。壁一面にベタベタと魚拓が貼ってある。しかし、メニューに海鮮料理は載っていない。裏を返すと飲み物のメニューで、サッポロの大瓶とホッピー、チューハイ、ハイボール、黄桜《きざくら》の一合と二合、ウーロン茶とコカ・コーラでお終《しま》いだった。

いかにもくたびれた店に相応《ふさわ》しい、貧弱な品揃《しなぞろ》えだ。悪あがきしないのは潔いとも言えるが。

秋穂はビールとホッピーを出し、お通しのシジミの醬油漬けの皿を置いた。一つ離れた椅子に座ったところを見ると、二人は知り合いではないようだ。男性は三十少し手前、女性の方は二十代半ばに見える。

莉奈は水滴のついた第一書林のビニール袋を拭き、中からB４サイズの本を取り出して、濡れていないか慎重に確かめた。

準平はビールをコップに注ごうとして本の表紙が目に入り、思わず声をかけた。

「あの、すみません、それ、宇喜多剛《うきたごう》の画集ですか？」

「ええ。ご存じですか？」

莉奈は表紙が良く見えるように画集を掲げた。

「好きなんです。それ、いつ出たんですか？」

「ええと、去年です」

準平は怪訝《けげん》な顔をした。

「そうですか。ちっとも知らなかった」

「今、ブームなんですよ。すごい人気で、回顧展は順番待ちの行列でした」

「すごいなあ。宇喜多剛は、長い間認められなかったですよね」

「そうなんです。ずっと中央画壇から無視されてたって。今では信じられないけど」

それから莉奈は大事そうに画集を袋にしまった。

「本はアマゾンで頼んだ方が便利だけど、画集はそうもいかないですね。運搬の途中で傷がついたら嫌だし」

莉奈のセリフは秋穂にも時彦にも準平にも、全く意味不明だったが、敢えて問いただすほどの内容とも思われなかった。

準平と莉奈はお愛想のように、お通しのシジミに箸を伸ばした。すると、期待していなかった美味しさが身からにじみ出し、舌を包んだ。二人とも驚いて小皿のシジミを見直した。

「これ、美味しいですね」

「どこかの名産品ですか？」

莉奈はシジミを箸でつまんで持ち上げた。

「普通のスーパーの特売品」

秋穂が答えると莉奈は「ウソ！」と目を丸くした。

「ただ、秘密があるの。一度冷凍するんですよ」

「冷凍？」

莉奈も準平も怪訝な顔をした。

「貝は一度冷凍すると、旨味成分が四倍になるんですって。料理の本に書いてあったの。それ以来、うちは貝は全部冷凍してから使ってるのよ。おかげさまで、大好評」

「そうなんですか。ちっとも知らなかった」

「お袋に教えてやろう」

シジミで食欲を刺激されたのか、二人とも急に空腹を感じた。最初はこんなしょぼくれた店で何かを食べるより、雨が上がったら、もう少しましな店に行こうと考えていたのだが、この店は案外良いかもしれない……と思い始めていた。

準平が魚拓を見回して訊いてみた。

「あのう、メニューに海鮮がないみたいなんですけど」

「ごめんなさいね。あれは亡くなった主人の趣味で、今は海鮮はやってないの」

秋穂は二人の様子を見て、店に興味を持ち始めたのを悟った。

「良かったら、二、三品、おつまみ出しましょうか。生物《なまもの》はないから、食中毒の心配は無し」

最後は冗談のつもりだったが、二人とも真面目《まじめ》な顔で頷いた。

「お願いします」

秋穂はレンジ塩蒸しナス、生姜なめたけの冷や奴、キュウリに載せた味噌味玉を出した。

二人は迷わず箸を伸ばした。かなり気に入ったことは顔を見れば分かる。ビールとホッピーも順調に減っていた。

秋穂はダメ元で勧めてみた。

「お二人とも、よろしかったらモツ煮、召し上がる？　うちの看板商品なの」

二人は素直に頷き、声を揃えた。

「いただきます！」

器にモツ煮をよそい、刻みネギをトッピングしてカウンターに出すと、食後のお茶を啜《すす》っていた時彦が言った。

「秋ちゃん、ごちそうさま。お勘定して」

気が付けば、いつの間にか雨音はやんでいた。

「おじさん、雨、どう？　降ってるなら傘貸すわよ」

時彦はガラス戸を細めに開けて表を見た。

「止《や》んだみたいだ」

「通り雨だったわね」

時彦は釣銭を財布にしまうと、店を出て行った。

秋穂が空《あ》いた食器を片付けていると、莉奈が遠慮がちに頼んだ。

「あのう、中身、お代わりください」

「はい、ありがとうございます」

清純可憐《かれん》な容貌だが、案外いける口かもしれない。

コップにビールを注ぎ足した準平が、これも遠慮がちに莉奈に話しかけた。

「あのう、学生さんですか？」

莉奈は首を振った。

「卒業して、カルチャーセンターの絵画教室でアシスタントをしています。学校が美大だったんで」

「ああ、画家の卵なんですね」

「そんなんじゃありません」

莉奈はほんの少し表情を曇らせた。

「本当は美術の教師になりたかったんです。教員免許も持ってるんですよ」

「すごいですね」

「宝の持ち腐れみたいなもんです」

莉奈はぶぜんとした口調で答え、新しく作ったホッピーを呷《あお》った。

「教員は絵や彫刻の美術指導をするだけじゃダメなんです。雑用とか学校行事とか、授業以外にも色々あって。それに最近は紙媒体だけじゃなくて、デジタルの指導も必要で……。パソコンを使ったWebデザインの指導とか、就職先で必要になるイラストレーターやフォトショップの使い方の指導も求められるし……」

秋穂だけでなく、準平もわけが分からず、狐《きつね》につままれたような顔になった。

「あのう、つまり、コンピューターで絵を描くの？」

「今はマンガもアニメも全部デジタルですよ。アナログはどんどん絶滅危惧種に近づいてる」

莉奈が当たり前のように言う話の内容が、秋穂にも準平にもまるでちんぷんかんぷんなのだった。

「私、大学で油絵を専攻したんです。絵画といえば油絵だと思ってたし。でも、実際にはデジタルの方がメジャーで……コンピューターグラフィックね。油絵科は《古典芸能》って呼ばれてた」

莉奈は溜息を吐《つ》いた。

「美大生って、就職先が少ないイメージでしょ。たいてい教員か美術館の学芸員。でも、学芸員になれる人なんて元から少ないし」

「あのう、それじゃ、みんな卒業したらどうしてるの？」

準平が「恐る恐る」という感じで訊くと、莉奈は肩をすくめて苦笑いした。

「それが、意外とみんな就職してるんですよ。アパレルとかデザイン会社とか広告代理店とか。テレビ局とか、マスコミ関係に行く人もいるし」

準平は安心したように微笑んだ。

「それじゃあ、絵画教室のアシスタントっていうのは、とても順当な勤め先だね。絵を教えるのがメインの仕事だから」

「それはそうかもしれないですね。取《と》り柄《え》はそこだけかな」

莉奈は初めて気が付いたように準平を見直した。

「ごめんなさい、名前も言わないで。私、最上莉奈といいます」

「申し遅れました。十倉準平です。塩原《しおばら》不動産という会社に勤めています」

塩原不動産はアパート・マンションの管理会社だった。オーナーと借主とを仲介し、賃貸借契約と物件の管理をする。住居や住人にトラブルがあれば、解決するのは管理会社の仕事になる。

「今日はお客さんを案内して、マンションの内覧をしてきたところ。現地解散で、帰ろうとしたらさっきの雨で……」

「大変ですね」

「仕事はみんな大変だよ。それに僕は就職試験でなかなか内定をもらえなくて、親戚のコネで今の会社に入れてもらったんで、その分働かないとね」

「えらいわ」

莉奈が溜息交じりに言った。

秋穂も準平の心構えに感心した。見れば、二人ともつまみはすべて完食に近い。アルコールも残りわずかだ。

「お客さん、手作りコンビーフ召し上がりますか？」

「コンビーフって、手作りできるんですか？」

二人とも驚いたらしく、質問した莉奈の声もちょっと高くなっていた。

「割と簡単なんですよ。時間はかかるけど、手間はあんまり。でも、味は缶詰とは違いますよ」

「ください。それと、ビールもう一本」

早速準平が言うと、莉奈も続いた。

「私もコンビーフ。それと、ハイボール」

秋穂は密閉容器に入れた手作りコンビーフの塊をまな板に載せ、厚めに二枚カットした。他の具材と合わせるときはほぐして使ったりもするが、単品で食べるときは崩さない方が見た目が良い。

「はい、どうぞ」

マスタードを添えた皿をカウンターに置くと、二人は目を輝かせて箸を伸ばした。じっくり煮込んだ牛肉は、箸でちぎれるくらい柔らかくなっている。

「…………」

口に入れると、二人とも言葉が出なくなった。黙って次の一切れを口に運び、目尻を下げた。

「ホント、缶詰と全然違う」

「自宅でコンビーフが作れるなんて、知らなかった」

「漬け汁に漬け込んで、あとは煮るだけなんだけど、完成品は絶品でしょ。パンに挟《はさ》んでサンドイッチ、オムレツの具材、ポテサラに混ぜる、色々使えるの。ほぐしたのをあったかいご飯に載せて、卵黄落としてお醬油かけると、コンビーフ丼」

準平が鼻の穴を膨《ふく》らませた。

「そ、それ作ってくれませんか？」

莉奈を見ると、後に続くべきかどうか逡巡《しゅんじゅん》していた。食べたい量と食べられる量の加減が心配なのだろう。

「良かったら、半人前ずつ作りましょうか？　シメには別のお勧めがあって、出来ればそっちも食べてほしいから」

二人は同時に声を上げた。

「お願いします！」

秋穂は早速コンビーフ丼に取り掛かった。ご常連さんはもちろんありがたいが、初めて店を訪れた若いお客さんが料理を気に入り、何品も注文してくれるのは、本当に嬉しかった。

半人前のコンビーフ丼は、どんぶりではなく茶碗《ちゃわん》に盛った。コンビーフはほぐして、電子レンジで二分加熱した。それをご飯の上に載せてくぼみを作り、卵黄を半分ずつトッピングすれば出来上がりだ。

「いただきます！」

二人は醤油をひと垂らしして、コンビーフ丼をかき込んだ。予想はしていた味だろうが、温めたコンビーフの風味と卵黄が、新たなアドバンテージで加わった。

「ああ、もう、涙出そう」

先に食べ終えた準平が茶碗を置いた。

「コンビーフ2.0」

莉奈も茶碗を置き、またしても意味不明なセリフを口にした。

「もしまだお腹《なか》に余裕があれば、オイルサーディンのスパゲッティを作りますけど、どうします？」

莉奈と準平は素早く目を見交わした。二人とも答えはすでに出ている。

「あの、また半分ずつでお願いできますか？」

「はい、大丈夫ですよ」

秋穂は笑顔で答えて、鍋《なべ》に湯を沸かし始めた。

「私、画家を目指してるんです」

唐突に莉奈が言った。

「そうだろうね。美大で油絵を専攻したんだもの」

準平は穏《おだ》やかな目で莉奈を見返した。

「公募の展覧会に応募して、佳作入選は何度かあるけど、そこまでで……。とてもプロなんて無理」

莉奈は溜息を吐いた。

「まだ画商もついてないし」

「画商がつく？」

「あの、画廊のオーナーから声かけてもらって、そこのグループにいれてもらうの。そうすると、そこの画廊主催の展覧会とか、常設展示で絵を飾ってもらえる。そうしたらお客さんの目に留まって売れる可能性もあるし。それと、画廊がお客さんを紹介してくれることもあるの」

「ああ、なるほど」

「働きながらなんとか創作は続けてるけど、本当に私の絵が世間に認められる日が来るのか、考えると心が折れそうになる。画家の卵は数えきれないほどいるのに、誰が私の絵に目を留めてくれるんだろうって」

「分かるよ」

準平の声には重い響きがあった。決していい加減に同調しているわけではなく、心からの共感が含まれていた。

「宇喜多剛だって、同じ気持ちだったと思う。長いこと画壇から無視され、世間に認められなかった。それでも今は広く認められて、大正期を代表する天才画家と評価されている。それは彼が描くことを諦《あきら》めなかったからだよ。もし筆を折ってしまったら、作品が後世に残ることもなかった」

莉奈は準平の言葉に引き込まれるように、自然に頷いた。

「前に誰かが書いた、小説家になるには……っていうハウツー本があった。その一番最初に書いてあったのが、まず公募の文学賞に応募してみて、もし一次選考で落とされたら、小説家には向いてないから他の道を探してください、だった」

準平はビールを一口飲んで喉《のど》を湿《しめ》した。

「つまり、二次選考に進んだ人たちには、小説家になる可能性があるってこと。あとは運とか、境遇とか、時代との親和性とか、色々な要素が絡んできて、成功できる人はほんの一握りしかいないけど、でもそれ以外の人にも、可能性はあったたってことだよ」

秋穂も準平の言う事に同感だった。才能は必要条件であって十分条件ではない。世の中で成功するためには、才能以外にいくつもの条件が必要になる。たとえ世紀の発明をしたとしても、それを発表する前に本人が急死してしまったら、その発明は誰にも知られることなく埋もれ、忘れ去られてしまうかもしれない。

「君は公募の賞に何度も佳作入選しているんだろう？　それなら才能があることは間違いない。あとはそれ以外の問題だよ。時期とか人の縁とか境遇とか……。でも、描くのをやめてしまったら、それですべては終わる」

莉奈は黙って大きく頷いた。

「うん。そうよね。私が自分自身を信じなかったら、誰も私を信じてくれないよね。私、諦めない。信じて描き続ける」

二人がしっかりとお互いを見つめ合った時、オイルサーディンのパスタが完成した。

「はい、お待ちどおさま。うち、フォークはないから、お箸で食べちゃってね」

オイルサーディンを汁ごとフライパンに空け、木べらでつぶしながら炒《いた》め、鍋肌から醤油を垂らして香りをつけ、スパゲッティの茹で汁を加えてゆるめる。そこへ茹でたパスタを入れてよく混ぜ、刻んだ小ネギとオリーブオイルを加えて再び混ぜる。塩味が足りなかったら塩を加えて味を調え、器に盛る。好みでレモン汁を垂らしても良い。

二人は焼きそばを食べるように麺《めん》を箸で挟んだ。スパゲッティの茹で汁で全体に薄くとろみがつき、味が満遍なく行き届いている。

「オイルサーディンとパスタがこんなに合うなんて！」

準平が感嘆の声を上げた。

「前に青山《あおやま》のイタリアンで食べた、秋刀魚のパスタを思い出した。店の人に、秋刀魚を崩してソースのように混ぜて食べてくださいって言われて、半信半疑だったけど、すごく美味しかった」

二人は満腹し、それ以上に満足した。

「ごちそうさまでした」

「ありがとうございました」

戸口で立ち止まると、準平は意を決したように莉奈に言った。

「来月、またこの店で会えないかな？」

「待って」

莉奈は大きめのショルダーバッグからスマートフォンを取り出し、カレンダー機能でスケジュールを確認した。

あら、この子もあの長方形の板を持ってる。いったい、あの板は何なのかしら？

秋穂は莉奈のスマートフォンに注目した。準平も訝《いぶか》しむように、じっと莉奈の手元を見ている。

「十三日で良いですか？　お盆で教室も休みだから」

準平は嬉しそうに微笑んだ。

「十三日。時間は六時で良い？」

「もちろん」

二人はルミエール商店街に出ると、そこで別れた。準平は新小岩駅へ、莉奈は松島の自宅へと、逆方向に向かって歩いて行った。

「音さん、良かったねえ。新しいお客さんにつながって」

「まあな」

巻はぬる燗、音二郎はホッピーを飲んでいる。

その後笠井葉子から、娘の双葉は振袖の価値を理解し、同時に祖母から母へ、母から娘へとつながる一筋の想いに打たれ、最後は号泣したと聞かされた。振袖は柄足しは無しで、サイズ直しのみの注文となったが、葉子は知人を紹介してくれた。

茶道の師範をしている人で、信頼できる悉皆屋を探していたという。音二郎は染み抜きと染め替え、サイズ直しの注文を何枚ももらい、ご満悦だった。

「秋ちゃん、中身お代わり」

「あたしもぬる燗、もう一本ね」

「はい、ただいま」

二人の注文に応《こた》えながら、秋穂はそっとカウンターの一番端の席を盗み見た。

十倉準平が一人、ぽつねんと座っている。六時の開店と同時に入ってきて、もう二時間になる。ビールとウーロン茶を交互に飲み、つまみにもあまり手を付けない。どうしたのか気になるが、その沈鬱《ちんうつ》な雰囲気から、訊くのがはばかられた。

ご常連がひと通り来ては帰りで、時刻は十一時に近づいた。お客は準平一人になった。

「すみません、お勘定してください」

「はい」

秋穂が勘定書きを差し出すと、準平は悲しげに微笑んだ。

「振られたみたいです」

「もしかして、この前雨宿りで一緒になった女性？」

準平は頷いた。

「あの方、お客さんの説得で、すごく元気を取り戻したように見えましたよ」

準平は気弱に微笑んだ。

「あれは、本当は彼女にではなくて、自分自身に言い聞かせていたのかもしれない」

俯《うつむ》けていた顔を上げて、準平は言った。

「僕、小説家志望なんです」

「あら、まあ」

言われてみれば、思慮深い顔つきをしている。小説家のイメージにちゃんと当てはまっている。

「何度か賞に応募したんだけど、二次選考で落とされて……。この前、やっと最終選考に残ったんですけど、結局次点で受賞できなかった。いっそもう諦めようかって、弱気になっていた時でした」

莉奈の持っていた宇喜多剛の画集を見て、励まされたような気がした。自分の苦労など、宇喜多画伯に比べたら何ほどでもない。もう一度気を引き締めて、新作に挑戦するのだ……と、自分に言い聞かせた。

「昨日、新作、書き上げたんです」

「それはお疲れさまでした」

何と言って良いか、秋穂は言葉を選ぶのに苦労した。おめでとうでは早すぎる。

「女将さん、こんなことを頼むのは大変申し訳ないと思います、でも、どうかお願いです。これを預かってください」

準平はＡ４サイズの封筒を差し出した。

「新作です。彼女のお陰で書くことが出来ました。だから、この作品は彼女に捧げます」

困惑している秋穂に、準平は言葉を続けた。

「これを預かってください。そしてもしいつか、彼女がこの店に来ることがあったら、これを渡してください」

準平の思い詰めた目を前に、秋穂は断れなかった。

「分かりました。責任をもってお預かりします」

「ありがとうございます」

秋穂は封筒を受け取り、準平の顔をしっかりと見た。

「十倉さん、創作、頑張ってくださいね。茨《いばら》の道ではありますけど」

「はい。やめたらそれですべて終わりです。僕は書き続けます」

準平は深々と頭を下げ、店を出て行った。


第一書林からそんなに遠くないはずなのに、あの店は見つからなかった。もう約束の六時を十五分も過ぎている。早く店を見つけなくては。

先週、莉奈のもとに銀座《ぎんざ》の大きな画廊の店主から連絡があった。先月の公募展で、佳作に入った莉奈の作品を見たという。自分の画廊の主宰するグループに入らないかという誘いだった。

ついに画商がついたのだ。これからはもっと大きなチャンスがやってくる。もっと大きな挑戦が出来る。これから、もっと。

この喜びを一刻も早く準平さんに伝えたい。諦めかけていた時に励ましてくれたお礼を言いたい。そして……。

ルミエール商店街の途中を右に曲がり、最初の角を左へ。そこには昭和レトロ感あふれる路地がある。しかし、「とり松」という焼き鳥屋とスナック「優子」に挟まれてしょんぼり建っていた「米屋」がない。あるのは「さくら整骨院」という、シャッターの下りた治療院だった。

莉奈は思い悩んだ末にスナック「優子」の扉を開けた。お客はまだだれもおらず、ママらしき女性が一人、カウンターの中で煙草《たばこ》をくゆらせている。

「あのう……」

ママが怪訝そうな顔で莉奈を見た。お客でないことは一目瞭然《いちもくりょうぜん》だ。バイト募集の貼り紙を出しているわけでもないのに、どうして？

「何か御用ですか？」

莉奈は答えようとして、壁に貼られたポスターが目に入り、思わず息を呑んだ。

「あ、あれ……」

上手《うま》く言葉が出ないまま、壁のポスターを指さした。

ママは不審な顔でポスターに目を向けた。

「ああ、お客さんに頼まれたの。うちに貼ったって効果ないと思うけど」

「早瀬亮《はやせりょう》の世界」というタイトルと、惹句《じゃっく》が並んでいる。心臓がドキドキして、文字を見ても意味が理解できない。ただ、ポスターに印刷されている男の顔は、間違いなく十倉準平だった。

「あの、米屋は何処ですか？」

莉奈はやっと言葉を絞り出した。が、今度はママが顔をひきつらせた。

「米屋って、居酒屋の？」

「はい。たしかお隣にあったはずなんです」

「あのね、米屋のことならうちに訊いても無駄だから。あっちにとり松って焼き鳥屋があるわよね？」

「はい」

「あそこに年寄りが三〜四人いるはずだから、その人たちに訊いて」

「あのう……」

「とにかく、とり松さんに行って」

とりつく島のない様子に、莉奈は店を出た。

とり松の引き戸を開けると、中はカウンターとテーブル席が二つの小さな店で、米屋よりテーブル席の分だけ広い。

カウンターの中では七十代後半くらいの店主が団扇《うちわ》を使いながら串を焼き、同年代の女将が生ビールを注いでいた。

カウンター席には四人の客が背を向けて座っている。背中の感じで老人だと分かった。女性が一人、男性が三人。

「あのう、ちょっとお尋ねします」

店主と女将が莉奈を見た。

「早瀬亮って誰ですか？」

お客の一人が振り返った。山羊《やぎ》のような顎髭《あごひげ》を蓄えた老人だ。

「小説家ですよ。純文学の」

「あのう、今も活躍中なんですか？」

「いいや、もう二十年も前に亡くなったよ」

莉奈は膝《ひざ》の力が抜けて床にくずおれそうになったが、かろうじてテーブルを摑《つか》んで身体を支えた。

「嘘でしょ」

「本当だよ。三回連続で芥川《あくたがわ》賞の候補になったんだが、受賞できなくてね。今度こそっていうときに、自動車事故で……。しばらく忘れられてたが、四～五年前から再評価が始まって、作品を原作にした映画が続けて三本作られた。一本は去年、日本アカデミー賞の最優秀作品賞を受賞したんじゃなかったかな」

谷岡資《たにおかたすく》は「谷岡古書店」の隠居なので、さすがに文学には詳しい。若いころ脚本教室に通っていたので、映画にも精通していた。

「あの、二軒隣のスナックに、回顧展のポスターが貼ってあったんですけど」

「ああ、人気が再燃したんで、大型書店が合同でフェアを開催中なんだ。そのポスターだよ」

莉奈はもう一つ、尋ねるべきことを思い出した。

「あの、米屋という居酒屋はありませんか？　スナックのママさんは、ここへ来れば分かるって」

カウンターにいた他の三人の老人が、一斉《いっせい》に莉奈を振り返った。きれいに頭の禿《は》げ上がった八十代後半かと思われる老人、髪の毛を薄紫色に染めた八十代半ばくらいの女性、そしてポケットの沢山ついたベストを着た八十くらいの老人は……。

莉奈は思わず水ノ江太蔵《たいぞう》に一歩近寄った。

「私のこと、覚えてませんか？　ほら、先月のすごい雷雨の時、米屋に雨宿りで駆けこんできた……もう一人、若い男の人と一緒に」

太蔵は申し訳なさそうな顔で首を振った。

「お嬢さん、あんたの会ったのは、多分私の親父ですよ。もう亡くなって二十年以上になります」

「まさか！」

莉奈は両手で口元を押さえた。

「米屋の女将の秋ちゃんも、もっと前に亡くなってます。平成に入って二～三年の頃かなあ」

「跡継ぎがいないんで店は人手に渡って、今の整骨院で五代目くらいになるよ」

沓掛直太朗《なおたろう》が後を引き取った。

「ただ、どういうわけか近頃、米屋で秋ちゃんや俺たちの親に会ったっていう人が現れてね。店を探して、ここへ訪ねてくるんだよ」

莉奈は恐怖で金縛りになった。では、自分は幽霊に遭《あ》ったのだろうか。あの女将も、店のお客も、そして十倉準平までもが、人間ではなかったというのか？

井筒小巻が莉奈に穏やかに声をかけた。

「もしかして、お宅は最上莉奈さんって人？」

莉奈が声もなく頷くと、小巻は手提げ袋からスマートフォンを取り出した。そして、小声で短い通話をした。

「莉奈さん、実は私、亡くなった秋ちゃんから、あなたに渡すようにって預かってるものがあるの。今、店の者に届けさせるから、ちょっと待ってて」

二分と経たないうちに中年の女性が店に入ってきて、小巻に書類封筒を渡して出て行った。

「はい、どうぞ」

小巻は莉奈に封筒を差し出した。表には「最上莉奈様」と書いてあり、裏を返すと「十倉準平」の署名があった。

莉奈は封筒を開けた。中から出てきたのは、ワープロ打ちの原稿だった。右上に「最上莉奈さんに　愛と感謝をこめて」と書かれていた。

「早瀬亮はペンネームで、本名は違ってたな」

谷岡資が独り言のように呟《つぶや》いた。

莉奈の心から、恐怖はすっかり消えていた。代わりに、とても温かいものが満ちてきた。それは大きく膨らんで外に溢《あふ》れ、涙となって瞼《まぶた》から零《こぼ》れ落ちた。

「秋ちゃんは元は学校の先生でね。親切で面倒見の良い人だった。だからあの世に行っても、困ってる人を見ると放っておけなくて、お節介を焼いちまうんだな」

直太朗がしみじみと言った。

「莉奈さん、それを書いた人と秋ちゃんのこと、覚えててあげてね。亡くなった人には、忘れないでいてあげることが一番の供養だから」

小巻の言葉に、莉奈は涙に濡れた顔で頷いた。

喉が詰まって声が出なかったが、代わりに心の中で語りかけた。

準平さん、女将さん、ありがとう。私、お二人のこと、一生忘れません。そして準平さんに誓います、諦めないって。自分で納得できるまで、私は絵を描き続けます。そして女将さん……。

莉奈は天を見上げた。

準平さんがそちらのお店に行ったら、また美味しいものを食べさせてあげてくださいね。

とり松のすすけた天井を通して、莉奈は雨上がりの星空を見たような気がした。

第二話

枝豆とたずね人

昼下がりの銀座《ぎんざ》は、光に満ちていた。空には七月の太陽、道路と歩道は太陽の光に照らされてアスファルトが白灰色に輝き、銀座通りに軒を連ねる店のショーウインドウは光を反射して輝いていた。

日曜日の銀座大通りは歩行者天国で、車は正午から夕方まで通行止めになっている。歩道も車道もそぞろ歩く人波で埋まっていた。梅雨《つゆ》が去った後の七月は、夏の陽気に移り変わっていたが、まだ猛暑というほどではない。燦々《さんさん》と降り注ぐ陽光の下、道行く人たちはまぶしそうだが楽しげだった。

突然、銀座八丁目辺りにいた人たちが、回れ右して走り出した。人々はまるでドミノ倒しのように方向転換し、一斉《いっせい》に四丁目方向へ走ってくる。秋穂《あきほ》も何が何だか分からず、人波に巻き込まれて走り出した。走りながら後ろを振り向くと、砂埃《すなぼこり》の中から、何やら巨大な生き物が見えた。

あれは……ゴジラ⁉

途端に地鳴りのような咆哮が耳をつんざいた。

うそでしょ！

秋穂は走りながら心に叫んだ。

オキシジェン・デストロイヤーで一回死んだくせに、何だって何度も生き返るのよ！

その途端、秋穂はけつまずいて道路に倒れた。起き上がろうとしたが、足に力が入らない。踏みつぶされはしなかったが、助け起こしてくれるような親切な人もいなかった。

私、ここで死んじゃうの？

あまりに理不尽な運命に、怒りと悲しみが湧き上がる。言っても詮無いが、それでも叫ばずにはいられなかった。

どうしてゴジラは日本ばっかり襲うのよ！

そこでハッと目が覚めた。

突っ伏していたちゃぶ台から顔を上げて周囲を見回せば、慣れ親しんだ我が家の茶の間だ。どうやら昼ごはんを食べた後、借りてきたビデオを観ながらうたた寝をしていたらしい。

やっぱり二日連続で『ゴジラ』と『ゴジラVSビオランテ』を観たせいかしら。

秋穂はリモコンを手に取り、ビデオデッキを止め、テレビも消した。壁の時計は四時半に近い。そろそろ店の開店準備をする時間だ。

秋穂は小さく欠伸《あくび》してから大きく伸びをして、立ち上がった。

仏壇の前に座り、蠟燭《ろうそく》を灯《とも》して線香に火を移して立てた。写真立ての中では、正美《まさよし》が十年前と変わらぬ笑顔を見せている。秋穂はおりんを鳴らし、両手を合わせた。

あなた、ゴジラの新作観た？　セットは立派になったけど、やっぱり最初の『ゴジラ』が最高よね。あとは『モスラ対ゴジラ』と『三大怪獣　地球最大の決戦』かしら。星由里子《ほしゆりこ》と若林映子《わかばやしあきこ》、きれいだったわねえ。昔から思ってたんだけど、三大怪獣っていうけど、ゴジラとモスラとラドンとキングギドラで、四大怪獣じゃないの？　あれは地球の三大怪獣が宇宙怪獣と戦うって意味なのかしら。なんか、分かりにくいわよね。

秋穂は目を開け、合わせていた手を離して蠟燭の炎を消した。

それじゃ、行ってきます。

秋穂は立ち上がり、店に続く階段を下りた。


葛飾区《かつしか》新小岩《しんこいわ》は区の最南端に位置する地域で、江戸川《えどがわ》区と境を接している。ＪＲ新小岩駅は葛飾区最南端の鉄道駅ながら、一日の乗降客は十二万人超で、ＪＲ東日本のランキング第五十五位になる。利用客が多いのは、駅周辺の商業地を囲むように住宅地が広かっているからだろう。

新小岩駅には二〇二三（令和五）年十月に駅ビル「シャポー」が完成したが、それまで駅直結の商業施設はなかった。駅ビルといえば、南口の左隣に建つ商業ビル、一九九九（平成十一）年に竣工した「クッターナ新小岩」のことだった。「クッターナ新小岩」は再開発ビルで飲食店中心の施設だが、その前身は「西友デパート」と呼ばれた商業施設だった。スーパーの西友はA棟の奥に今も営業を続けている。

往年の「西友デパート」はデパートの名に恥じぬ総合商業施設で、規模は小さいが衣料品や雑貨類も売っていた。屋上には小さな遊園地があり、映画館が三軒も入っていた。五階には「新小岩銀映座」と「コンパル映画劇場」、六階には「新小岩第一劇場」。「新小岩第一劇場」は元は大映封切館だったが、大映倒産後は洋画二本立て上映館となり、次は東宝封切館、そして最後は成人映画を上映し、新小岩に最後まで残った映画館となった。新小岩にはかつて「新小岩東映」という映画館も二丁目にあって、昭和五十六（一九八一）年に幕を閉じた。

狭い地域に映画館が四軒もあるのは、不思議でも何でもなかった。映画全盛期の昭和三十年代には、東京ではどんな小さな町にも一軒は映画館があったものだ。いや、映画館だけではない。米屋、本屋、豆腐屋、八百屋、魚屋、肉屋等々、今大型スーパーで売っている商品を商う店は、各町に一軒はあった。今、独立した店舗で町に残っているのは、パン屋くらいかもしれない。

しかし、新小岩には昭和三十四年から続くランドマークがある。南口のルミエール商店街だ。地域住民の日常に必要な食品雑貨その他は、すべて揃《そろ》っている。ないのは大型家電くらいだろう。

何より商店街のシャッター街化が進むこのご時世に、シャッター店が皆無に近く、四百二十メートルも続く長い商店街に軒を連ねる百四十軒の店舗が、すべて営業しているというだけで驚異的だ。

その代わり店の入れ替わりも多く、商店街開通の頃から営業している店は、第一書林《だいいちしょりん》、鮮魚店「魚次三《うおじさ》」を始め、数えるほどしかない。新陳代謝を繰り返しつつ、ルミエール商店街は歩み続けている。

そんなルミエール商店街を一本裏の路地に入れば、そこには昭和レトロな飲み屋街が続く。最近は中国人経営の中華居酒屋、エスニック居酒屋、若い店主の経営するこじゃれたバルも散見されるが、主流は昭和の居酒屋だ。

「米屋《よねや》」も昭和レトロな路地裏で細々と営んでいる小さな居酒屋だ。素人女将《しろうとおかみ》がワンオペで切り盛りしている店だから、大したご馳走《ちそう》は期待できない。家庭料理の延長の、作

い置きとレンチン料理がほとんどた

しかし世の中よくしたもので、そんな店でも気に入って通ってくれるご常連さんがいる。飾り気のないつまみと、ありきたりの安い酒に親しみを感じてくれる人たちだ。ありがたいお客さんのお陰で、米屋は今日も営業を続けている。そして近頃は女将も多少腕を上げたようで、ときたま、くたびれた居酒屋には不似合いな一見《いちげん》のお客さんも訪れるという。

さて、今夜はどんなお客さんが訪れるのやら。

「こんにちは」

六時の開店より少し前、ガラス戸をガタピシ鳴らして、志方優子《しかたゆうこ》が入ってきた。隣のスナック「優子」のオーナーママだ。大体いつも同じ時間に来るので、米田秋穂《よねだ》も慣れている。

「いらっしゃい」

優子はカウンターの椅子《いす》に腰かけると、首を回した。

「寝違え？」

「ううん。ちょっとかったるいだけ」

秋穂はおしぼりと冷たい麦茶を出した。

優子は完全な下戸《げこ》で、酒が飲めない。秋穂と同年代なので、水商売歴は長い。前に「お酒飲めないと大変じゃない？」と訊《き》いたら、「酒飲んで仕事出来ないでしょ」と返された。

「なんか、さっぱりしたもんない？」

「枝豆と、セロリの浅漬《あさづ》けは？」

「もらう」

優子の店は七時開店で、その前に米屋で夕飯を食べることが多い。一人娘の瑞樹《みずき》が家を飛び出してから、自炊する気力がなくなったようで、米屋で食べない時は店屋物かコンビニ弁当で済ませると言っていた。それを聞いてから、秋穂は優子には野菜とタンパク質の豊富な料理を心掛けている。

「これ、冷凍？」

枝豆を口に入れて、優子が訊いた。

「路地もの。西友で売ってたの。千葉県産だって」

「でしょうね。美味《おい》しいもん」

優子は枝豆を半分まで食べてから、セロリの浅漬けに箸《はし》を伸ばした。セロリと大葉《おおば》を白出汁で漬けただけだが、大葉の爽やかさとセロリのシャキシャキした食感が後を引く。漬け汁に赤唐辛子《あかとうがらし》の輪切りを少し加えて、ピリ辛味をプラスした。

「今日の魚はカワハギの煮つけ、太刀魚《たちうお》の塩焼き、鰯《いわし》の塩焼き。どれがいい？」

「迷うなあ。……カワハギにする」

　カワハギは白身で淡白だが、肝《きも》にたっぷり脂肪分を蓄えている。今日のカワハギは肝付きでお買い得だった。あらかじめ煮て味を含ませてあるので、レンジで温めればすぐ出せる。

「これも、箸休めに」

　秋穂は「よだれナス」を皿に盛って出した。サラダ油で焼いたナスに、中華料理「よだれ鶏《どり》」のソースに似たネギだれをかけた料理だ。ほんの少しニンニクを利《き》かせたゴマ油風味のネギだれは、ナスはもちろん、冷や奴《やっこ》や白身魚のステーキにも合う。

「ふうん。ご馳走感があっていいわね」

　優子は一箸つまんで頷《うなず》いた。

「このナスと枝豆とセロリ、帰りに分けてくれない？」

「良いわよ」

　優子は自分の店では乾き物しか出さない。しかし夏はフレッシュなつまみも出したいのだろう。これまでにもそら豆や枝豆、谷中《やなか》ショウガなどを店用に買って帰った。おにぎりやお茶漬けの出前を頼んでくることもある。隣の「とり松《まつ》」には焼き鳥の出前を頼むそうだ。

カワハギの煮つけが温まった。秋穂は海苔《のり》吸いを作り、ご飯と一緒に出した。

「いただきます」

優子はゆっくりと味わいながら、食べ進んだ。店は隣で、開店まで四十分以上ある。急ぐ必要は全くない。

「ねえ、最近は新聞に『尋ね人』の欄《らん》はないの?」

唐突に優子が尋ねた。

「尋ね人?」

「昔、よくあったじゃない。『○○すぐ帰れ。すべて許す。父』とか『××、至急連絡乞《こ》う。△△』とかさ」

「ああ、子供の頃、母から『尋ね人の時間』っていうラジオ番組があったって聞いたことがある」

それは終戦後の混乱期、様々な事情で生き別れになったり消息不明になったりした人を探すため、NHKラジオ放送に送られてきた手紙を朗読する「尋ね人」という番組だった。アナウンサーが『尋ね人』の時間です」という言葉で放送を始めたため、いつの間にか「尋ね人の時間」と呼ばれるようになった。

「でも、新聞で尋ね人を見た記憶は……」

あったかもしれないが思い出せない。

「じゃあ、今はもうやってないのかしら」

「似たようなのはあるわよ。三行広告でしょ」

秋穂は今朝読んだ新聞の紙面を思い出した。

「結婚相談所とかお見合いパーティーとか『○○教えます』『××売ります』、いろんな広告が載ってるから、人探しも載せてくれると思うわよ」

「それ、どうすればいいの？」

「ええと……。多分、広告代理店を通すんじゃないかしら。新聞の広告欄を調べれば、手続きも載ってるんじゃないの」

「高いの？」

「知らないけど、三行広告ならそんなに高くないと思うわ」

「そっか。ありがと」

優子は再び箸を動かし始めた。

秋穂は「何か広告載せるの？」と訊こうとして、思いとどまった。優子の一人娘の瑞樹は、優秀な大学を優秀な成績で卒業後、就職した会社で妻子ある上司と不倫関係になり、駆け落ちしてしまった。いまだに消息は知れない。

駆け落ち以来、優子は瑞樹の存在を拒否してきた。まるで最初からこの世にいなかったかのように、名前すら口にしなかった。それが今、もし「尋ね人」の新聞広告で瑞樹と連絡を取ろうとしているなら、一歩前進したことになる。やっと和解の緒に就《つ》いたのだ。

周囲が余計なことを言って、優子の気持ちに波風を立ててはいけない。ここはそっと見守るのが上策だ。

「ああ、ごちそうさま」

箸を置いた優子は、手提げから金のシガレットケースを取り出した。一本咥《くわ》えると口紅型のライターで火を点《つ》け、美味《うま》そうに燻《くゆ》らせた。

「ありがとうございました」

秋穂は湯呑茶碗《ゆのみぢゃわん》に麦茶のお代わりを注いだ。

それから一週間ほど経《た》ったある日の朝。

秋穂はむかしからの習慣で、寝床から出るとまず階下に降り、郵便受けから新聞を取り出して二階に上がった。

着替えて顔を洗い、遅い朝ごはんの支度を調えると、おもむろに紙面を広げた。第一面と社会面を簡単にチェックして、テレビの番組欄に目を通し、残りは食事を終えてから、気が向いたら読むのが常だった。

しかしその日は何故《なぜ》か、紙面の下半分に掲載されている広告欄に目がいった。読むともなく流し読みしているうちに、ある三行広告に目が止まった。

「瑞樹　すべて完了　すぐ帰れ　優」

秋穂は思わず文面を見直した。間違いようもない。これはどう読んでも尋ね人の文面で、「優」が「瑞樹」に「すべて片付いたから戻ってきて」と呼び掛けているのだった。

秋穂は新聞を畳んでちゃぶ台に置いた。

どうやら優子はわだかまりを捨てて、母子関係を修復したいと願っている。これは良い傾向だ。母と娘は一度関係がこじれると、他人同士より解決が難しくなるという。この広告がきっかけで、母と娘が再会できたら……。

「こんちは」

その日、米屋にやってきた最初の客は、悉皆屋《しっかいや》の沓掛音二郎《くつかけおとじろう》と、美容院「リズ」の店主井筒巻《いづつまき》だった。

「ああ、日に日に暑くなるねえ」

巻は扇子《せんす》でパタパタと顔を扇《あお》ぎながらカウンターの椅子に腰を下ろした。

「暑いのは苦手だわ」

「お巻さんは冬も苦手だったろう」

隣に座った音二郎がまぜっかえした。

「みんなそうでしょ。暑すぎるのも寒すぎるのもまっぴら。暑からず寒からずが一番よ」

「春夏秋冬の、春と秋だけってこと?」

音二郎にホッピーを出して、秋穂が言った。巻は夏でもぬる燗《かん》に決まっている。

「そうそう。春と秋だけの国ってないのかしら」

おしぼりで手を拭《ふ》きながら巻が言う。

「そりゃあ寝ぼけたような国だな。夏の暑さがあるから秋の涼しさが、冬の寒さがあるから春のあったかさがありがたいのよ。一年中春と秋だったら、毎日眠たくていけねえ」

音二郎は憎まれ口を利きながらジョッキにホッピーを注いだ。マドラーは添えているが、ほとんどのホッピー愛好家はまぜないで呑む。

タイマーが鳴った。きっかり二分二十秒。秋穂は薬罐《やかん》から徳利《とっくり》を引き上げ、布巾《ふきん》で水滴をぬぐってから巻の前に置いた。

巻は猪口《ちょこ》に酒を注ぎ、シジミの醬油漬《しょうゆづ》けを口に入れてからぬる燗で追いかけた。

「これ、冷凍じゃないわよ」

秋穂は開店前に茹《ゆ》でたばかりの枝豆を出した。まだほんのりと温かい。音二郎も巻も、早速手を伸ばした。

「ああ、美味しいねえ。旬の枝豆は甘くてコクがある」

巻は満足そうに目を細めた。

「おばさん、春と秋だけの国は、枝豆、ないわよ。夏が旬だから」

「あ、そうか」

秋穂は続けてセロリの浅漬けも出した。まずはさっぱりしたつまみで下地を作ってもらう。

「俺は前に新潟のお客さんに聞いたんだが、あそこは米どころだろう。で、枝豆も名産なんだそうだ」

枝豆は大豆の青年期に当たる。田んぼに稲を植え、あぜ道に大豆を植えるのが日本古来の農業だった。つまり米どころは大豆の生産量も多いのだ。

「居酒屋へ行くと《枝豆》なんて大雑把《おおざっぱ》な注文する客はいないんだと。《弥彦《やひこ》むすめ》とか《おつな姫》とか、各自好みの銘柄があって、その名前で注文するんだとさ」

「ふうん。その《おつな姫》ってのを食べてみたいね」

秋穂はししとうに包丁で切れ目を入れ、竹輪を五ミリほどの厚さに切り揃えた。これをゴマ油でさっと炒《いた》め、めんつゆとマヨネーズを絡《から》めたら、一味唐辛子を振って出来上がり。ご飯のおかずにも酒の肴《さかな》にもピッタリで、タンパク質と油分の補給にもなる。

「おや、乙《おつ》な味だね」

巻が一口つまんで目を細めた。

「ぬる燗、もう一本」

「俺、中身」

近頃は二人とも酒は二杯までで、あとはシメのご飯になる。

「今日、ご飯のおかずは何？」

「魚はカワハギの煮つけか、太刀魚の塩焼き。お肉は蒸し鶏と手作りコンビーフ。どっちか入れてオムレツも作るわよ」

「う〜ん、カワハギ」

「俺、太刀魚」

「はい、お待ちください」

太刀魚はスーパーで切り身を買ってきたのだが、塩を振っていきなり焼くより、酒と塩を振って十五分ほど置き、滲《し》み出た水分を拭き取ってから、再度塩をして焼いた方が美味い。水が抜けると同時に臭みも抜ける。

秋穂は手を動かしながら、気になっていることを漏らした。

「おばさん、今日の朝日新聞、見た？」

「うちは東京新聞。都新聞の頃からの付き合いだから」

「じゃあ、知らないか。おじさんとこは何新聞？」

「読売。巨人戦の券と引き換えよ」

「ああ、それじゃダメか」

「なんだよ？」

音二郎に急《せ》かされて迷っていると、巻が訊いた。

「もしかして、尋ね人の広告？」

「どうして知ってるの⁉」

「今朝の新聞に載ってたよ」

「おじさんは見た？」

音二郎は首を振った。

「俺はスポーツ面しか見ねえから」

「きっと載ってるわよ。朝日と東京に載ってるってことは、きっと全新聞に載せたんだわ」

「尋ね人って誰だ？」

音二郎が腑《ふ》に落ちない顔で訊いた。

「あのね、お隣のママさんが、行方不明の娘さんを探してるみたいなの。ちょっと待ってね」

秋穂は急いで階段を駆け上がり、新聞を手に戻ってきた。

「ほら、ここ」

新聞を開いて音二郎に手渡した。音二郎は紙面から顔を遠ざけ、眉間《みけん》に皺《しわ》を寄せて目を凝らした。

「……『瑞樹　すべて完了　すぐ帰れ　優』か」

声に出して読み上げると、新聞を閉じて秋穂に返した。

「まずは母親の方が折れたってわけだ。あとは娘がどう出るか……」

「その前に、この広告が瑞樹ちゃんの目に入るかどうかが問題よ」

「大丈夫じゃないかい。あの子はインテリだから、新聞は読むだろ」

　巻があっさりと言った。

「そうね。それに東京を離れていたとしても、朝日・毎日・読売に広告出しておけば、大丈夫よね。全国紙だもん」

　秋穂は腰をかがめて魚焼きグリルの中を覗《のぞ》いた。太刀魚は良い感じに焼けている。秋穂は少し弾んだ声で言った。

「今日、冬瓜《とうがん》と茗荷《みょうが》の味噌《みそ》汁《しる》作ったのよ」

　音二郎も巻も、嬉《うれ》しそうな顔になった。


「こんにちは」

　ガラス戸をガタピシ鳴らして優子が入ってきた。

「いらっしゃい」

　秋穂はわずかに緊張したが、優子はいつもの通り、何処《どこ》か投げやりな雰囲気のまま椅子に腰を下ろすと、ガラス戸を振り返ってかすかに顔をしかめた。

「いい加減、直した方が良くない？」

「近頃はみんなそう言うの」

「敷居に蠟塗るだけでも違うわよ」

「あ、それはすぐやるわ。うち、蠟燭いっぱいあるから」

仏壇用に大型パッケージを買ってある。

おしぼりで手を拭いている優子に冷たい麦茶と枝豆を出した。優子は早速枝豆をつまみ始めた。

秋穂は次に新作料理を出した。

「これ何？」

「オクラのネバネバ和《あ》え」

オクラととろろ昆布を薄めた醬油で和えただけの簡単料理だが、とろろ昆布の旨味が利いて、旬のオクラが生でも美味しく食べられる。

「これ、酒のつまみに良いわね。帰りにもらってくわ」

秋穂は次にフライパンをガスの火にかけ、炒め物を作り始めた。キュウリと厚揚げを炒め、ニンニク風味のピリ辛味噌で味付けする。出来立ても美味いが、冷蔵庫で四日もつので、作り置き料理としても活用できるのがミソだ。

「はい、どうぞ。キュウリの味噌炒め」

「キュウリを炒めるの？」

「日本じゃ生で食べるけど、中華は炒め物とか結構あるわよ」

優子は箸を伸ばし、一口つまんで口角を上げた。

「ああ、良いわね、これ。お酒が進みそうな味よ」

ピリ辛味のせいか、麦茶を飲むペースが速くなった。

「今日のおかずだけど、鯵《あじ》の干物とカジキマグロ。煮つけでもステーキでも、お好きな方で。あとは蒸し鶏と手作りコンビーフ」

「カジキマグロの煮つけ」

秋穂はあらかじめ煮てあった一切れを皿に取り、電子レンジで加熱した。今日はナスの味噌汁を作ったので、それも温めて出す。

カウンター越しに優子の様子を窺《うかが》ったが、普段と変わった点は見受けられない。尋ね人広告の反応は、まだないのか。

「ねえ、秋ちゃん」

優子が箸を置いて顔を上げた。何か打ち明けるつもりかと、秋穂は緊張して気持ちを引き締めた。

「今度、枝豆ご飯作ってくれない？」

思わず膝《ひざ》から力が抜けそうになるのを踏ん張り、曖昧《あいまい》な笑顔を作った。

「枝豆ご飯？」

「うん。私、豆ご飯好きなのよ。でもそら豆もエンドウ豆も終わっちゃったから、枝豆で作れないかと思ってさ」

ちらりと微笑《ほほえ》み、片手を立てて拝む真似《まね》をした。

「うちの店でじゃんじゃん出前取るからさ」

「うん、分かった。明日作ってみる」

「ありがとう」

深刻な話は一切出ないまま、優子は帰って行った。


翌日、秋穂は約束通り枝豆ご飯を作った。

炊き込みご飯は米と具材を一緒に炊くやり方と、具材の調理を別にして、炊き上がったご飯に混ぜるやり方がある。ほとんどの場合、秋穂は後者を選ぶ。理由は味が平板にならない、見た目がきれいの二つで、豆ご飯の場合は専《もっぱ》ら見た目の問題だった。

洗った米に塩と酒を振り、昆布を載せて水加減をしたら三十分ほど浸水させ、炊飯する。枝豆は通常より少し短めに塩茹でし、莢《さや》から出しておく。炊き上がったご飯から昆布を取り除き、枝豆を混ぜて出来上がり。

こうすると豆の緑も鮮やかで、酒と昆布でご飯の滋味も増し、とても美味しい豆ご飯になるのだ。

「ああ、美味しい！　さすがプロは違うわ」

優子は一口食べて絶賛し、約束通り、その日は豆ご飯の出前をたくさん注文してくれた。

米屋に来たお客さんにも好評で、五合炊きの電気釜に目いっぱい作ったのに、ほとんど残らないほどよく売れた。

時計を見ると十一時に近い。今日は客席も二回転したので、早仕舞いしようかと考えた。米屋の営業時間は夕方六時から深夜までだが、自宅兼店舗で一人で営む気安さもあり、その日のお客さん次第で、十二時前に早仕舞いすることもあれば、深夜三時まで開けていることもある。

今日は早仕舞いにしよっと。

カウンターを出ようとした時、ガラス戸が細めに開いて、初老の男性が遠慮がちに顔を覗かせた。

「あのう、よろしいですか？」

「はい、どうぞ」

他のお客さんのいない時、しかも夜更けに一見のお客を入れるのは危険ではあったが、見ればその男性は人品骨柄《じんぴんこつがら》卑《いや》しからぬ威厳を備えていた。もっとも、そんな人物がこんな場末の居酒屋を訪れるのは妙だったが、秋穂は深く考えなかった。

相良優《さがらまさる》は力尽きたようにカウンターの椅子に腰を下ろした。実際、疲労困憊《ひろうこんぱい》していた。今日は午前中からずっと、新小岩界隈《かいわい》を歩き回っていたのだ。

「お飲み物は何がよろしいですか」

秋穂はおしぼりを差し出して微笑んだ。

「ビールを」

「サッポロの大瓶《おおびん》しかないんですけど、良いですか」

相良は黙って頷いた。今はどんな高級な酒を飲んでも、美味くはないだろう。

秋穂はサッポロの大瓶の栓を抜き、コップと一緒にカウンターに置いた。最初の一杯を注いでから、お通しのシジミの醤油漬けを出した。

相良は初めて店を訪れたお客が皆そうするように、店内の壁一面に貼られた魚拓を眺めまわした。

「お客さん、すみません。あれは亡くなった主人の趣味で、うち、海鮮はやってないんですよ」

「ああ、そうですか」

相良は生返事をした。最初からこの店で美味いものを食べようとは思っていない。まして こんな場末の居酒屋で、海鮮などまっぴらだった。ただ、身も心も疲れ果てて、どこかで身体を休めたいと思った時、偶然目の前にあったのがこの店だったにすぎない。

「お客さん、お腹《なか》、空《す》いてらっしゃいます？」

相良は反射的に胃の辺りに手を当てた。空腹なのは感じたが、どうにも食欲がない。

相良は首を振った。

「食欲がなくてね」

「よろしかったら、お出汁《だし》のゼリー、召し上がりませんか」

「それは何ですか」

「お出汁をゼラチンで固めただけです。つるっとしてるから、食べやすいですよ」

「じゃあ、それを」

相良は半ばお義理で注文した。そしてこれも半ば義理で、シジミを一粒口に入れた。

「……？」

意外なほど美味かった。場末の居酒屋とも思えない、旨味の強いシジミで、何処の産かと考えた。

「シジミ、美味いねえ」

「ありがとうございます」

「どこのシジミ？」

「さあ？　スーパーの特売で買ってきたんで、なんとも」

秋穂は笑顔でいつもの説明をした。

「これ、一度冷凍してあるんです。冷凍すると、貝は旨味が四倍になるんだそうです。料理の本に書いてありました」

「知らなかったなあ」

相良は素直に感心した。すぐに目の前にガラスの器が置かれた。透明のゼリーが盛られ、上にミントの葉とぶぶあられが飾ってある。

スプーンで口に運ぶと、つるりと喉《のど》を通った。出汁は上品な味で、ミントの香りで口の中がさっぱりした。

次に出されたのはオクラととろろ昆布の和え物だった。簡単この上ないつまみだが、食べるととろろ昆布の旨味で食欲が刺激された。次第に、眠っていた食欲が目を覚ましてきた。昼に喫茶店でサンドイッチセットを食べたきり、何も食べていない。腹は空ききっている。

次に出されたキュウリと厚揚げの味噌炒めも、瞬《また》く間に平らげた。どれも大した料理ではないが、知り合いのお宅に招かれて家庭料理をご馳走になっているような、心地よさと安心感があった。

「お客さん、よろしかったらモツ煮込み、召し上がります？　うちの看板商品なんです」

「モツ？」

相良はわずかに眉《まゆ》をひそめた。

「何度も茹でこぼししてから煮てあるので、臭みは全然ありません。煮汁は二十年間注《つ》ぎ足してきたヴィンテージものですよ」

秋穂がにっこり微笑むと、相良は釣られたように頷いた。

「ください」

目の前に出されたモツ煮込みは、女将が自慢するだけあって、確かに美味かった。臭みは全くなく、とろけるように柔らかい内臓肉の旨味と、その旨味を吸って成長した煮汁の旨味が絡み合い、病みつきになりそうな味だった。

相良は箸を置いて溜息《ためいき》を吐《つ》いた。やっと人心地がついた気分だった。

「ああ、美味かった。女将さん、他にもお勧めがあれば……」

「そうですねえ。自家製コンビーフ、蒸し鶏、焼き魚は鰺の干物、カジキマグロは煮つけかステーキ、どちらでも」

「コンビーフ、自家製なの？」

「はい」

「すごいなあ。じゃあ、是非それを」

秋穂はコンビーフの塊《かたまり》から一枚厚く切り取り、レタスを敷いた皿に載せ、マスタードとマヨネーズを添えた。

「はい、どうぞ」

相良はコンビーフを一口食べて、目を丸くした。

「こりゃ美味い。缶詰とは全然違う」

相良は顔を上げて秋穂に言った。

「女将さん、一杯ご馳走するよ。何でも好きなもの、飲んでください」

「ありがとうございます。それじゃ、日本酒いただきます」

秋穂は黄桜《きざくら》を瓶から直接、ビール用のグラスに注いだ。量は一合弱だろう。

相良はコンビーフを食べながら訊いた。

「シメにご飯もの、あるかな？」

「はい。おにぎりとお茶漬け……それと、今日は枝豆で豆ご飯作ったんですけど」

「それじゃあ、豆ご飯もらいます」

秋穂はジャーに残った最後の豆ご飯を茶碗によそった。結局、人気がありすぎて作った本人はまともに食べられなかった。今週中にもう一度作ろうと、頭の隅で決定した。

「ああ、ごちそうさま」

相良は豆ご飯もきれいに平らげた。

「ありがとうございました」

秋穂はほうじ茶を淹《い》れて出した。相良は半分ほど啜《すす》って、湯呑茶碗を置いた。

「あのう、女将さん、この人、見かけたことないかな？」

相良は上着のポケットから一枚の写真を取り出し、秋穂に手渡した。二十代前半かと思われる青年の写真だった。顔立ちは相良とよく似ている。

「息子なんだ。写真は六年前だから、今はもう少し老けてると思う。今年、二十九歳になる」

写真をよく見たが、見覚えのない顔だった。秋穂は頭を下げて写真を返した。

「すみません、お役に立てなくて」

相良は首を振った。もう数えきれないくらい同じやり取りを繰り返してきて、今更がっかりする気力もない。

「昨日、新小岩で息子によく似た人を見かけたって、知らせがありましてね。二件続いたんで、もしかしたらと思って、来てみたんですが……」

「息子さんから、連絡がないんですか？」

「ああ。六年前に家を飛び出したきり、一度も」

相良はもう一度深い溜息を吐いた。すると、溜息と共に、胸に溜め込んでいた鬱屈《うっくつ》が、言葉になって溢《あふ》れ出した。

「大学を卒業した年、旅行先で知り合った水商売の女にだまされて、のぼせ上がって駆け落ちした。女は息子より五歳も年上なんだよ。それに息子には婚約者がいた。息子より二歳年下の、取引先のお嬢さんでね。本当に、もったいないような女性だった」

相良家は千葉県で六代続いた、国内でも有数の醸造《じょうぞう》メーカーの創業家であり、経営者だった。息子の婚約は自由恋愛の結果ではなく、家同士の思惑で決まった。しかし、見合いの形ではあったが、二人は互いに好意を持ち合い、女性が大学を卒業後に結婚ということで、充分納得もしていた。

「それが、突然……」

相良は情理を尽くして息子を説得した。「恋愛と結婚は違う」「一時の感情で人生の選択を誤ってはいけない」「釣り合わぬは不縁の元」「今は良くても五年先、十年先の二人はどうなるのか」云々《うんぬん》。

最後に相良は「そんなにその女が好きなら、結婚とは別の形で付き合ったらどうだ。先様《さきさま》にばれないようにすれば問題はない。別れるときは充分に手切れ金を出してやる」と言った。

「息子はそれこそ、青筋立てて怒り狂いましたよ。『お父さんは彼女だけじゃなく、僕のことも侮辱した。僕はそんな卑怯《ひきょう》な、汚い選択をする人間じゃない。お父さんもこの家も、腐りきってる！』と……」

相良はカウンターに肘《ひじ》をついて両手で顔を覆った。

「一人息子で、大事な跡取りでした。だからこそ、厳しく育てました。相良家の名に恥じない人間になれと。嘘《うそ》をついてはいけない。弱い者いじめは絶対にするな。弱きを助け強きをくじく人間になれ。卑怯な振る舞いをしてはならない。困っている人には親切にしろ。……それが仇《あだ》になったんです」

秋穂の前で、相良はがっくりと肩を落とした。

「でも、お客さんの教育方針は間違っていませんよ。その通りに成長した息子さんは、立派な人だと思いますよ」

相良の息子は恋のために家も財産も捨てた。恋人とは愛人関係でいろという、甘い提案も敢然と蹴飛ばした。なかなか出来ることではない。

「私は偽善者です。口先ばかり立派なことを言って、やることは卑しかった。すべて私の身から出た錆《さび》です。でも」

相良は絞り出すように言った。

「私は本当は、立派な息子でなくても良かったんだ。家族と家業を大事にする、平凡な息子で充分だった。それが……」

秋穂は黙って相良の慟哭《どうこく》が収まるのを待った。相良がハンカチを手に洟《はな》をかんでから、話のついでのように尋ねた。

「その後、婚約者の方はどうなさいました」

「息子に裏切られたのがショックだったようで、良いお話が次々に来ても、ずっと断り続けていたそうです。でも、今年の春、やっといいご縁に恵まれて挙式されました。これで少しは申し訳が立ちます」

相良はハンカチを上着のポケットにしまった。

「だから、息子を探すことにしたんです。もし息子が望むなら、あの女と夫婦で構いません。私は覚悟を決めました。息子に家に戻ってほしいんです。相良家の跡継ぎだからじゃありません。私の子供だからです」

相良は胸の想いを吐き出しながら、どうして自分は会ったばかりの居酒屋の女将に、何もかも告白しているのだろうかと訝《いぶか》った。しかし、すっかり話し終えると、何やら肩が軽くなったような気がしたのだった。

「今のお客さんの気持ちを息子さんが知ったら、きっと戻っていらっしゃいますよ」

父は弱みをすべてさらけ出し、息子に手を差し伸べている。きっと人一倍人情に厚いであろう息子は、父の想いに応《こた》えてくれるに違いない。秋穂は心からそう願った。

「申し遅れましたが、私はこういうものです」

相良は名刺を差し出した。秋穂は受け取った名刺を見て驚いた。相良の会社が、世間でよく知られた醸造メーカーだったからだ。

「無理かもしれませんが、もし息子に似た若い男に会ったら、どうぞ連絡してください。よろしくお願いします」

「はい、お約束します」

相良は一万円札をカウンターに置き、「お釣りはご祝儀《しゅうぎ》代わりに受け取ってください」と言って、店を出た。

秋穂はその後ろ姿に頭を下げ、父と息子の再会と和解を祈ったのだった。

それから数日後の夜、そろそろ十一時になろうかという時刻だった。

ご常連さんはひと通り顔を見せて帰って行ったので、今夜は早仕舞いしようと思った矢先に、ガラス戸が開いてお客さんが入ってきた。

「いらっしゃいませ」

男女の二人連れで、どちらも初めて見る顔だった。女の方は三十半ば、男の方はそれより十歳くらい若い。ひと目見て水商売……ホストと分かる。

「ビール」

梢《こずえ》はカウンターの椅子に腰を下ろすと、投げやりな口調で注文を告げた。隣に座った「紫苑《しおん》」という源氏名《げんじな》の男が肩に手を回してきた。

秋穂はビールとお通しを出しながら、この二人はどうしてこの店に入ってきたのだろうと訝った。米屋は同伴出勤に利用するような店ではないのに。

背後でガラス戸が開く音がすると、梢は紫苑にもたれかかった。

「梢、いったいどういう事だ？」

夫の声だった。振り返ると、入り口に立ってこちらを凝視している。信じられないものを見るような顔だった。右手に、置いてきた離婚届を握っている。

「見てのとおりよ。もうあんたにはうんざりなの」

梢は吐き捨てるように言った。

「……なぜだ？」

「凡庸《ぼんよう》で退屈だからよ」

夫は言葉を失ったように、口を半開きにしたまま凍り付いた。

「あんたと一緒にいると、国語辞典を読まされてるような気がするわ。最初から最後まで正しいばかりで、くそ面白くもない。もう、うんざり。我慢できない」

梢は紫苑の髪の毛に指を絡ませ、夫を睨《にら》んだ。

「こいつはバカだけど、あっちの方は退屈させない。それだけでもあんたよりマシよ」

紫苑はこれ見よがしに梢に頬《ほお》をすりよせた。

「というわけだから、さよなら」

梢は嘲《あざけ》るような笑みを浮かべ、片手をひらひらと振った。夫はガラス戸を開けたまま、くるりと背を向けて立ち去った。

梢は夫が完全に遠ざかるのを待って、カウンターに向き直った。バッグを開いて財布から一万円札を抜き、紫苑の上着のポケットに突っ込んだ。

「もういいわよ。あたしはもう少し飲んでくから」

さっさと帰れと言いたげに、片手を払った。紫苑は嫌な顔もせずに立ち上がり、「どうも」と言って店を出て行った。

秋穂はまじまじと梢の顔を見た。顔立ちは美しいが、美しさより意志の強さを感じさせる顔つきだった。切れ長の目に決然とした光が宿っている。

「どうして、あんなお芝居を」

秋穂は空《から》になった梢のコップにビールを注ぎ足した。梢は一息に半分ほど飲むとコップを置き、寂しげに微笑んだ。

「あのくらいやらないと、見限ってくれないから。あの人、すごく優しいのよ」

優しいの……と言った声は、愛情に包まれていた。

「それに責任感が強いから、自分の拾った荷物を途中で放り出したりできない。それで背負いきれないくらいの荷物を背負って、押しつぶされそうになってる。可哀想《かわいそう》で見てられないわ」

梢はビールをもう一本注文して「女将さんも飲まない？」と誘った。秋穂はありがたくお相伴《しょうばん》に与《あずか》ることにした。

「あら、このシジミ、バカうま」

秋穂が続いて枝豆を出すと、梢は一房つまんで顔をほころばせた。

「冷凍じゃないわね。あたし、新潟出身だから、枝豆にはうるさいのよ。今の時期だと《湯あがり娘》と《おつな姫》が全盛」

「たしか新潟は、枝豆の生産量日本一ですよね」

「うん。早生《わせ》から晩生《おくて》まで、一年の半分くらい出回ってる」

秋穂はキュウリと厚揚げの味噌炒めも出した。梢はさしてお腹は減っていないようだが、ビールとつまみを交互に口に運び、リラックスした様子で話し続けた。

「あの人とは沖縄で知り合ったの。私は気ままな一人旅、あの人も卒業旅行で一人旅だった」

若い二人はたちまち恋に落ちた。一時の火遊びではなく、互いに運命的なものを感じる恋だった。

「東京へ帰る前の日、プロポーズされたわ。帰ったら結婚してほしいって。でも、私にはそんな資格はなかった……」

梢は地元の高校を卒業後、東京の会社に就職した。二十歳の時にアルバイトでホステスを始め、やがてそれが本業になった。夫と知り合った当時、梢はホステスをしながら、ある大企業の会長から経済的な援助を受けていた。

「愛人関係って言えば聞こえはいいけど、早い話、ただのセックス要員だった。あっちがダメになっても、枯れるどころか、性への執着が強くなる人っているのよね。最初はお金に目がくらんで言いなりになったけど、だんだん、我慢できなくなってきた。ちょうどそんな時、あの人と知り合って……」

梢は苦いものを飲み込むような顔で、コップに残ったビールを飲み干した。

「あたし、最初からあきらめてた。結婚なんて、出来るわけないって。だってあの人、いいとこの坊ちゃんで、婚約者までいたのよ。それなのに……親とケンカして、家を飛び出して、あたしと結婚してくれた」

梢の口調に自慢めいた響きはみじんもなく、むしろ罪を懺悔《ざんげ》しているように聞こえた。

「まるで夢みたいだった。あの時、本当に一生分の幸せをもらったと思った」

梢はそこで言葉を切り、目を閉じた。あの時の幸せの味を反芻《はんすう》するかのように。再び目を開くと、長い溜息を漏らした。

「こんな夢みたいなこと、続くわけないんだよね。分かってた。あの人は少しずつ、あたしに幻滅していった。しょうがないよね。生まれも育ちも全然違うんだから。あの人が知ってること、当たり前だと思ってることが、あたしには別世界だった」

火恵は何も言えなかった。おそらく、梢の言う通りなのだろう。そしてそれを本質したことはどんなに辛かっただろう。

「この前、新聞に尋ね人の広告が載ってた。『瑞樹　すべて完了　すぐ帰れ　優』……お父さんがあの人を探してるのよ」

秋穂は一瞬「え？」と思った。瑞樹と優。あれは瑞樹とマサルだったのか？

「今、このチャンスを逃したら、あの人は二度と実家に戻れない。家の仕事を継ぐことが出来ない。だから絶対、今しかないのよ」

秋穂は相良の言葉を思い出した。

「あの、実は先日、相良さんが……瑞樹さんのお父さんが、このお店にいらしたんです」

梢はさすがに驚いて息を呑んだ。

「相良さんは仰《おつしや》っていました。息子が望むなら、夫婦で帰ってきても構わないって」

だから無理に別れなくても……と言おうとして、秋穂は言葉を飲み込んだ。

梢は穏《おだ》やかな笑みを浮かべていた。そして微笑んだまま、静かに涙を流した。

「……そう。良かった」

震える声で言うと、おしぼりを顔に押し当てて、しばらく沈黙した。おしぼりを離すと、微笑みだけが残った。

「そんなら、なおさら一人で帰らなくちゃだめよ。お父さんと仲直りして、家業を継いで、今度こそ自分に相応《ふさわ》しい人と結婚して、幸せにならなきゃ。あの人、まだ若いんだから」

秋穂はあえて訊いてみた。

「お客さんは、それでよろしいんですか？」

梢は力強く頷いた。

「あの人には、足を向けて寝られないくらい良くしてもらったのに、あたしはその恩を仇で返してしまった。でも、やっと今、あたしにも恩返しが出来る。あたし、嬉しくてたまらない」

梢は秋穂を見て、困ったように言った。

「いやだ、女将さんが泣くことないじゃない」

秋穂は割烹着《かっぽうぎ》の裾《すそ》を引っ張って目頭《めがしら》を拭《ぬぐ》った。

「ごめんなさいね。お客さんも瑞樹さんも良い人で、お互いを想い合ってるのに、どうして世の中って上手《うま》く行かないのかと思って。気持ちだけじゃ、どうしてダメなんでしょうね」

梢はまっすぐに秋穂を見返した。

「女将さん、あたしはとても幸せよ」

瞳に浮かんだ決然とした光が、一瞬、きらりとスパークした。

「瑞樹はあたしに、誰も見たことのない、大きなきれいな花火を打ち上げてくれた。あたしはあの花火を死ぬまで忘れない。だから、これからどんなことがあったって、あたしは不幸になんかならない。一生分の幸せをもらったから」

梢は財布を取り出した。

「ご馳走さん。おいくら？」

秋穂は制止するように手を伸ばした。

「お代は結構です。相良さんから過分にちょうだいしましたので」

梢はちょっと迷ったが、すぐにさばさばした顔になり、財布をバッグにしまった。

「それじゃ、ゴチになりますか。おやすみなさい」

秋穂は梢の後ろ姿を見送りながら、その将来に幸あれと、祈らずにはいられなかった。

翌日、開店少し前の米屋に志方優子がやってきた。

「今日、何がお勧め？」

「枝豆ご飯」

「シメにもらうわ。また出前もお願い」

夕食のメニューを決めると、優子はお通しの枝豆をつまみ始めた。

「ねえ、優子さん、この前尋ね人のこと訊いてたでしょ」

「そうだっけ？」

「広告料がいくらかとか、結構詳しく訊いてたわよ」

「そうだったっけ」

「なんで急に尋ね人のことなんか訊いたの？」

「ああ、思い出した。お客さんがね、電通の人が書いた『尋ね人の時間』って本が面白いって言ったのね。そしたら、昔新聞に『尋ね人』が載ってたって想い出して……」

当時電通社員だった新井《あらい》満《まん》の『尋ね人の時間』は昭和六十三（一九八八）年上期の芥《あくた》川《がわ》賞に選ばれた。

その時、ガラス戸が開いて相良瑞樹が入ってきた。今日もかなり動揺している感じだった。

「あの、昨日の女、ここに来ませんでしたか？」

「いいえ。どうかなさいました？」

「いないんです。仕事を終わって家に帰ったら、もぬけの殻《から》で、捨てたはずの離婚届が置いてあって……」

秋穂が黙って椅子を指し示すと、瑞樹は素直に腰を下ろした。冷たい麦茶を出して、秋穂は相良から預かった名刺を差し出した。

「お父様が尋ね人の新聞広告を出されたのを読んで、奥さんはあなたと離婚する決心をなさったそうです。実家に戻って家業を継いで、新しい伴侶《はんりょ》を得て、幸せになってもらいたいって、そう仰っていました」

瑞樹は両手で顔を覆ってカウンターに突っ伏した。

「僕は……偽善者です。彼女を幸せにしたかった。それが出来ないと分かった後も、気づかないふりを続けていました。彼女はそんな僕を見て、ひどく傷ついたはずです」

「そんなことありません」

秋穂の声は穏やかだったが、瑞樹に顔を上げさせるだけの力強さがあった。

「奥さんはあなたの愛と誠意に出会って、幸せでした。あなたに出会わない人生より、ずっと幸せでした。ただ、世の中は複雑で、気持ちだけではどうにもならないことがあります。奥さんはそれを分かっているからこそ、進んで身を引いたんです。それは新しい人生を生きるためで、決してあなたの犠牲になったんじゃありません。私の言ってること、分かりますね？」

瑞樹は何者かに導かれるように、頷いていた。

「お父さんの元へ帰ってあげてください。お父さんはもう若くないんです。残りの時間を、後悔の念を抱えたまま過ごさせないでください。キチンと話し合って、二人で力を合わせて、家業の発展に尽くしてください」

瑞樹は椅子から立ち上がり、深々と頭を下げた。

「ありがとうございました。お騒がせして、すみませんでした」

瑞樹が店から出ていくと、優子が怪訝《けげん》な顔で尋ねた。

「あの人、知り合い？」

「まあね」

尋ね人の件は、まだ優子には話さないでおこうと、秋穂はひそかに思ったのだった。

新小岩に来るのは三十年ぶりだった。かつて少しの間暮らしたことがあるが、その後訪れる機会がなかった。

相良瑞樹は記憶を頼りに、ルミエール商店街を中ほどで右に曲がった。最初の角を左に折れると、路地沿いに……。

あった。焼き鳥の「とり松」と昭和レトロなスナック「優子」。しかし、その二軒に挟まれてしょんぼり赤提灯の下がっていた「米屋」はなく、「さくら整骨院」というシャッターの下りた治療院になっていた。

三十年も経《た》つのだから、店が替わっていて当然だろう。むしろ、とり松とスナック優子が残っているのが奇跡に近い。

瑞樹はとり松の引き戸を開けた。

中はカウンター七席とテーブル席二つの狭い店だ。カウンターの中で七十代後半の主人が団扇《うちわ》を使いながら串を焼き、同年代の女将がチューハイを作っていた。カウンターには四人の客が座っていたが、背中の感じでいずれも老人だと分かる。一人が女性、三人は男性だった。

「あのう、すみません、ちょっと伺《うかが》いますが……」

主人も女将も四人の客も、一斉に瑞樹の方を見た。やや不審げな顔なのは、瑞樹が喪服姿だからだ。

「昔、お隣に米屋という居酒屋があったと思うんですが」

店主夫婦と四人の客が頷いた。

「その後、どうなったかご存じでしょうか？　私、新小岩に来るのは三十年ぶりなんで」

四人の客が顔を見合わせた。代表して一番年配の、頭のきれいに禿《は》げ上がった老人が尋ねた。

「つい最近米屋で女将の秋ちゃんに会ったんですか？」

「いえ、違います」

瑞樹の答えに、なぜか老人たちは少し落胆した様子だ。

「あの、実は私は知り合いの通夜《つや》の帰りでして。私も亡くなった彼女も、米屋の女将さんにお世話になったのを思い出して、ちょっと来てみたんです」

瑞樹は老人たちに尋ねた。

「米屋の女将さんは、亡くなったんですね」

「平成になって二～三年の時でした」

「そうですか。ご病気か何かで？」

「いわゆる突然死だったらしいです。苦しむ暇もなかったでしょうって、医者が言ってました」

髪の毛を薄紫色に染めた老女が答えた。

「三十年も昔のことを思い出して訪ねていらっしゃるとは、ご奇特なことです」

山羊《やぎ》のような顎鬚《あごひげ》を生《は》やした老人が言った。

「お目にかかったのは二回だけで、話をした時間も十分かそこらでした。でも、女将さんの励ましで、私は人生を軌道修正出来ました。生きてお目にかかれなかったのは残念ですが、良いご最期だったようで、安心しました」

すると、釣り師のような、ポケットの沢山ついたベストを着た老人が言った。

「これからも、たまに、思い出してあげてください。死んだ人間には、思い出してもらうことが一番の供養《くよう》ですから」

「はい。必ず」

瑞樹は軽く頭を下げてとり松を出た。見上げると、細い路地の上にも星空が広がっていた。


見知らぬ施設から死亡通知のハガキが届いたのは三日前だった。亡くなった人の名前を見て息を呑んだ。前野《まえの》梢。離婚した妻であり、運命の女でもあった。

瑞樹は通夜に出席した。そこで、亡き梢の知人たちから話を聞いた。

梢は介護の仕事に進み、介護士を経てケアマネジャーになり、定年まで職を全《まっと》うした。その後も介護の仕事を続けながら、ボランティア活動をしていたが、脳梗塞《のうこうそく》を発症して亡くなったという。救急搬送される途中で亡くなったので、突然死に近い。

梢は再婚せず、独身を通したが、様々な年代の友人が多かったようだ。通夜には老若の男女が出席した。

瑞樹はルミエール商店街を駅に向かって歩きながら、梢の生涯が充実して幸福だったことに安堵《あんど》し、感謝の念を覚えた。そして自分との出会いが、梢の人生にマイナスではなく、プラスをもたらしたことを願った。

すると、三十年も前の秋穂の言葉が耳によみがえった。

「奥さんはあなたの愛と誠意に出会って、幸せでした。あなたに出会わない人生より、ずっと幸せでした」

不意に涙があふれた。瑞樹は手の甲で涙を拭いながら、心の中で呼びかけた。

梢、ありがとう。俺も君と出会って幸せだったよ。君に出会わない人生より、ずっと幸せだったよ。

第三話

祭りのピーマン

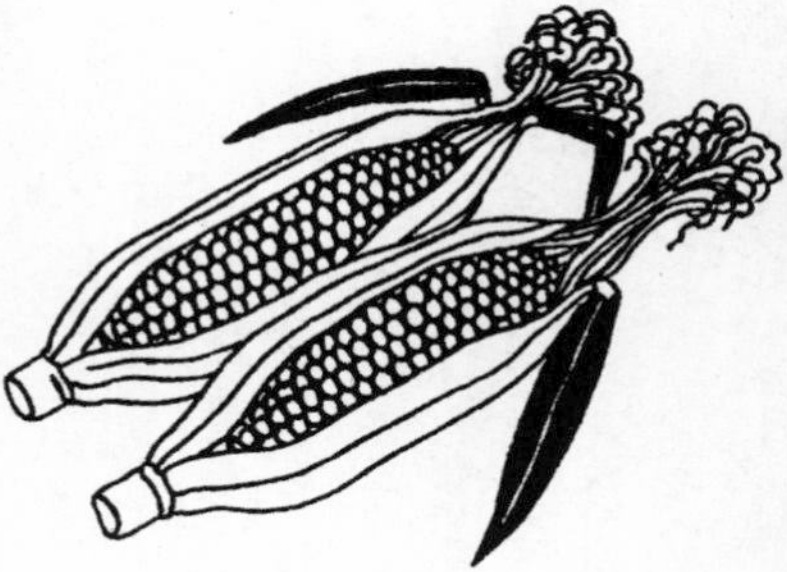

「銀座《ぎんざ》って、こっちで良いんですか?」

秋穂《あきほ》は隣を歩く青年に訊《き》いてみた。

「はい。ほら、あのビルの谷間に和光《わこう》の時計台が見えるでしょう」

青年は前方を指さした。

確かに遠くに和光の時計台のようなものが見える。しかし、あの時計台を目指してもう十分以上歩いているはずなのに、少しも距離が縮まらないのは何故《なぜ》だろう?

おまけに、もし遠目に銀座四丁目の和光が見えるなら、ここは銀座か東銀座のはずなのに、周囲の建物はおよそ銀座らしくない。八百屋、魚屋、駄菓子屋、雑貨屋、小間物屋、ラーメン屋、洋品店等々、よくある下町の商店街のような……いや、秋穂が生まれ育った町の商店街そっくりの街並みが続いている。

そして、狭い道路の先にあるのは銭湯だった。よく見ればなんと、あれは近所にあった「まりの湯」ではないか。

どうして銀座にまりの湯が……と尋ねようとすると、青年が先に言った。

「ほら、あの銭湯の角を曲がると、時計屋さんがあるんですよ。そこならきっと直してくれます」

青年が言うのは、秋穂の父の腕時計のことだ。

今日、二人で出かける前、父が突然腕時計を差し出して、「これを銀座で修理に出してくれ」と頼んだのだった。

父は普通のサラリーマンとして、腕時計はしていたが、これまで修理に出すよう頼まれたことなど一度もない。修理に出すほど時計に愛着があったとも思えない。それが今日に限って、どうしていきなりこんなことを言い出したのか。

何故今日に限ってかと言えば、今日は秋穂のお見合いなのだった。つまり、隣を歩く青年はお見合い相手になる。そんなら一応簡単なプロフィールを頭に入れているはずなのに、どういうわけか秋穂は、この青年の名前も職業も何も知らない。

どうなってるんだろう？

秋穂は改めて青年の横顔を盗み見た。人のよさそうな顔に柔らかな笑みを受かべ、じっと遠くを見つめている。

どうしてこの青年とお見合いをすることになったのか、そのいきさつも皆目《かいもく》分からない。そもそも秋穂の両親は、いわゆる「仲人《なこうど》おばさん」の知り合いがいない。娘の見合いをセッティングしようにも、伝手《つて》がないはずなのに。

「あのう、私たち、どなたのお世話でお見合いしてるんでしょうか？」

秋穂の問いには答えず、青年は足を速めてまりの湯の角を曲がった。秋穂もあわててその後を追った。

青年はまりの湯の前でぴたりと立ち止まると、秋穂を振り返った。

「ほら、あそこに時計屋さんがあるでしょう」

青年は道路を隔てたはす向かいの店を指さした。

「あそこなら直してくれますよ」

青年はにっこり微笑《ほほえ》むと、片手を肩の高さに挙げ、「それじゃ」と言って来た道を引き返していった。

「あのう……」

秋穂はその場に立ったまま、時計屋らしき店と去っていく青年を交互に見ながら、完全に途方に暮れていた。

いったい、どうなってるの？

そこでハッと目が覚めた。

ちゃぶ台から顔を上げると、そこはいつもの茶の間だった。昼ごはんの後、うたた寝をしていたらしい。

変な夢。

秋穂は心の中で独りごちた。どうしてあんなシュールな夢を見たのだろう。銀座のすぐ隣が江戸川区《えどがわく》〇〇町で、見知らぬ青年とお見合いして、時計屋を探して彷徨《さまよ》うなんて。そもそも、お見合いなんてしたことないのに。

あのお見合い相手は誰だったんだろう？　夢から覚めたばかりなのに、もう顔立ちを思い出せない。ただニコニコ笑っていたイメージだけが記憶に残っている。

秋穂は大きく伸びをして、立ち上がった。そのまま部屋の奥にある仏壇の前に座った。いつものように蠟燭《ろうそく》を灯《とも》し、線香に火を移して線香立てに立てると、おりんを鳴らして合掌した。

あなた、また変な夢見ちゃった。お見合いしたくらいだから、きっと夢の中の私は二十代よね。父も元気だったし。もし今の私だったら、いくら夢でも失礼しちゃうわ。

他愛もないことを心の中で語りかけ、閉じていた目を開いた。

それじゃ、行ってきます。

秋穂は蠟燭を消して立ち上がり、一階の店に通じる階段を下りた。

新小岩《しんこいわ》は東京都葛飾区《かつしか》の最南端に位置する。

葛飾区には「フーテンの寅《とら》さん」で有名な柴又《しばまた》、『こちら葛飾区亀有《かめあり》公園前派出所』（通称「こち亀」）の舞台亀有、「千円でべろべろに酔える」を略した《せんべろ》の居酒屋街を擁《よう》する立石《たていし》など、結構有名な地域があって、新小岩はそれに比べると全国的な知名度はやや劣るかもしれない。

しかしJR新小岩駅は総武《そうぶ》線快速の停車駅で、東京駅まで直通で十四分、一日の乗車人員がJR東日本で第五十五位、乗降客数は十二万人を超えるなど、交通アクセスの良さとスケールは、他の追随を許さない。まさに葛飾区の南の顔と言えるだろう。

そして新小岩には北口と南口に古くからの商店街があって、今も元気に栄えている。

特に南口のルミエール商店街は、東京三大銀座と呼ばれる戸越《とごし》銀座、十条《じゅうじょう》銀座、砂町《すなまち》銀座に次ぐ商店街と言っても過言ではない。

昭和三十四（一九五九）年に完成したアーケード商店街で、長さ四百二十メートルの通りの両脇《りょうわき》には百四十店の商店が軒を連ねる。しかもシャッターを下ろしている店は皆無に近く、どの店もきちんと営業している。閉店してもすぐに次のテナントで埋まるのは、人気のある商店街ならではだ。

そう、確かに店舗の入れ替わりは激しい。アーケードの完成当時から続いている店は、第一書林《だいいちしょりん》、魚次三《うおじさ》など、ほんの数軒になった。しかし、商店街の形と雰囲気は変わらない。商店も飲食店も、お高くとまった店や怪しげな店はなく、何処も庶民が安心して気軽に入れる店ばかりだ。

そして一本路地に入れば、昭和レトロな居酒屋からおしゃれなオイスターバーまで、酒飲みには楽しい店が数多く開いている。

そんな路地裏にある一軒が「米屋《よねや》」だ。素人《しろうと》上がりの女将《おかみ》がワンオペで営む、何処にでもありそうなしょぼくれた居酒屋だが、心優しい常連さんに支えられ、開店から二十年を超えたという。

何の変哲もない居酒屋だが、もしかして人の知らない秘密でもあるのだろうか。近頃は安い店にはふさわしくない、お金持ちだったり有名人だったりのお客さんが、ふらりと立ち寄ったりするらしい。ひょっとして、今夜も……？

「いらっしゃい」

ガラス戸を開けて、その日一番のお客が入ってきた。美容院「リズ」の先代経営者・井筒巻《いづつまき》だった。店の経営は十年ほど前に娘の小巻《こまき》に譲り、今は予約で指名を入れてくれたお客さんだけを担当している。

「暑いねえ」

巻は顔の前で扇《あお》ぐように左手を振った。薬指ではダイヤの指輪が光っている。離婚する時慰謝料代わりに取り上げたそうで、これをはめると「本日終了」の合図だ。

「特に湿気が嫌だよ。ベタベタしてさ。人も気候も、べたつく奴は好きになれない」

米田《よねだ》秋穂は冷たいおしぼりを差し出した。夏の間は冷蔵庫に入れて冷やしておく。

「おばさん、北海道が良いわよ。涼しくて湿気が少ないし。真咲《まさき》ちゃんとひ孫ちゃんの顔見に行ってくれば？」

真咲は巻の孫娘で、北海道大学医学部を卒業した。学部の同級生と結婚し、札幌《さっぽろ》にある夫の実家の病院に勤務している。三年前に双子を出産し、二児の母となった。

「それがさ、月末《つきずえ》に子供連れて帰って来るんだよ」

「あら、まあ。良かったわね。結婚してから初じゃない」

秋穂は徳利《とっくり》を熱湯の入った薬罐《やかん》に沈めて言った。

「うん。あの子も共稼ぎで忙しいからね」

真咲の婚家では家事は姑《しゅうとめ》と家政婦が担当し、赤ん坊の面倒も見てくれていると、前に巻から聞いたことがある。それは助かる半面、気兼ねもあるだろうと、その時秋穂は思ったものだ。

「お盆はあえてずらしたのかしら」

秋穂はお通しのシジミの醬油漬《しょうゆづ》けを出した。

「その時期、旦那《だんな》が学会でヨーロッパへ行くんだってさ。それで、少し早めに休みを取ったら……ってことになって、そんならちょうど江戸川花火大会の時に、実家に帰って孫の顔を見せたいってことで」

江戸川花火大会は江戸川の両岸、東京都江戸川区と千葉県市川《いちかわ》市の河川敷《かせんじき》で、毎年八月第一土曜日に行われる。その観客動員数は日本一を誇り、隅田川《すみだがわ》花火大会と並んで、東京二大花火大会と称されている。

「それじゃ、ご主人も一緒に来るの？」

巻は左手を左右に振った。

「最後の日に来て、挨拶《あいさつ》だけして家族そろって引き上げるって。ま、うちもその方が楽だけどね。気を遣わなくて済むし」

タイマーが鳴り、秋穂は徳利を薬罐から引き上げた。二分二十秒のぬる燗《かん》だ。布巾《ふきん》で水滴を拭《ぬぐ》ってから猪口《ちょこ》を添えて出した。

「ひ孫ちゃんたち、三つだっけ？」

「うん。もう走り回って大変だってさ」

「でも、三歳なら峠は越えたみたい。一番大変なのは二歳なんですって。ちょこまか動き回るし、親の言うことは理解できないし。三歳になると、多少はコミュニケーションが取れるって……」

言いかけて、秋穂は思わず苦笑した。

「おばさんには釈迦《しゃか》に説法《せっぽう》だったわね。娘と孫の経験者だもの」

秋穂は子供がいなかった。教師として中学生を教えていた時期はあるものの、赤ん坊や幼児についてはほとんど何も知らない。

「あたしだって偉そうなことは言えないよ。母子二人、食べていくのに精いっぱいで、育てたっていうより、勝手に育ってくれたようなもんだから。しいて言うなら、保育園の先生と学校の先生のお陰だね」

秋穂は新作のつまみを巻の前に置いた。

「何、これ。ピーマン？」

「ピーマンの塩昆布和《あ》え。お酒のつまみにぴったりだから」

巻はお義理のように箸《はし》を伸ばしたが、口に入れるとひそめていた眉《まゆ》が開いた。

「ホントだ、いける」

「でしょ」

細切りにしたピーマンを軽くレンチンし、塩昆布、ゆかり、白煎《しろい》り胡麻《ごま》を加えて和えただけの簡単なつまみだが、酒の肴《さかな》にも箸休めにもご飯のおかずにもなる一品だ。

「この頃のピーマンは、苦くないねえ」

「それ、私も感じてた。子供の頃は苦くて嫌いだったけど、ある日食べたら苦くないの」

「キュウリも変わったよね。昔は、たまに渋いというか、えぐいのがあったけど、最近は全然お目にかからないよ」

「トマトも変わったと思わない？ 前はもっと……」

言いかけたところでガラス戸が開き、沓掛音二郎《くつかけおとじろう》が入ってきた。

「いらっしゃい」

音二郎はカウンターの椅子《いす》に腰を下ろすなり、巻に顔を向けた。

「お巻さん、あんたの店じゃ、浴衣《ゆかた》の着付けもやるのかい」

「ああ、娘がね、今年から始めた」

「ふうん」

音二郎は呆《あき》れたような、感心したような、妙な溜息《ためいき》を吐《つ》いた。

秋穂はおしぼりを出し、ビールのジョッキに氷を入れ、キンミヤ焼酎《しょうちゅう》を注いだ。これにホッピーの瓶《びん》とマドラーを加えると、ホッピーセットの出来上がりだ。

音二郎はジョッキにホッピーを注いで、一口飲んだ。ちなみに、通《つう》はマドラーを使わない。

「しかし、浴衣に着付けもクソもないと思うがな。対丈《ついたけ》で兵児帯《へこおび》しめるだけだろうが」

「さすがに子供の着付けはないけどね」

対丈とは男性の着物や旅館の浴衣のように、身の丈の長さのことを言う。そして子供用の浴衣は、おはしょりをあらかじめ縫《ぬ》い付けてあるので、対丈の感覚で着られる。

「大人だって、半幅帯《はんはばおび》だろ。前で結んでぐるっと後ろに回しゃあ済むだろうに」

「甘いね」

巻は再び左手を左右に振った。

「今の人は浴衣も袷《あわせ》もないんだよ。とにかく生まれてから着物に袖《そで》を通したことなんざ、ほとんどないんだから。洋服感覚で左前に着ちまう子の方が多いんだよ」

音二郎は呆れたように首を振った。

「音さんの商売が上がったりなのも、分かる気がするよ」

秋穂は音二郎にはシジミの醤油漬けとピーマンの塩昆布和えを、巻には刻みネギをたっぷり載せた米屋自慢の煮込みを出した。高齢のお客さんには、ビタミンとタンパク質を補充できるつまみを心掛けている。

「しかし、浴衣くらいなら美容院に行かなくたって、母親とか婆さんに頼めば……」

巻はまたしても左手を振った。

「今の母親は、自分も着物が着られないんだよ。そんで核家族だから、家に婆さんはいない」

「はあ」

音二郎は間の抜けた声を漏らした。

「それに美容院は髪のセットも付いてるから、便利なんだと思うよ」

巻は指を一本立て、ぬる燗の追加を注文した。

「でも、浴衣の着付けのお客さんがそれだけ来るってことは、若い人も着物が着たいんでしょうね」

美容院で振袖《ふりそで》や訪問着の着付けを頼めば万単位の料金がかかるが、浴衣ならヘアセットと合わせても五千円以下で済む。若い女性でも無理せずに出せる金額だ。花火大会や夏祭りにおしゃれして出かけたい時、五千円で浴衣美人に変身できるなら、惜しくはないだろう。

「あたしもそれは感じる」

巻は猪口を傾けて酒を飲み干した。

「ちょっと前まで、アロハシャツみたいな柄の浴衣が多かったんだけど、最近は藍染《あいぞめ》とか、渋い古典柄の浴衣を持ってくるお客さんも増えてきた。何回か実際に浴衣を着て、大勢の浴衣姿の人の中に出かけていくと、若くても目が肥えるんだろうね。良いものが分かってくるんだよ」

「何事も経験よね」

秋穂は燗のついた徳利を薬罐から引き上げた。

「若い人がどんどん着物を着るようになれば、おじさんの仕事も息を吹き返すのにね」

音二郎の仕事は悉皆屋《しっかい》で、着物のメンテナンス全般を扱っている。着物人口の多かった時代はなくてはならぬ職業だったが、一般女性の和服体験が七五三と成人式だけになってしまった現在、その存在は絶滅危惧種に近い。

「その頃はもう、俺はあの世に行ってるさ」

音二郎は苦笑いを浮かべた。

「こんにちは」

七月三十一日の昼下がり、ドアホンが鳴り、階下に降りて行くと、表の路地に巻と真咲、そして真咲の双子の子供たちが立っていた。

「いらっしゃい！　どうぞ、上がって」

「悪いね。すぐ失礼するから」

秋穂はお客を二階の茶の間に上げた。店はまだ冷房を入れていないので、暑くていられない。

「コーラ、ジュース、麦茶、どれがいい？」

子供たちも全員麦茶を選んだ。もしかしたら真咲は、子供たちに炭酸飲料や果汁百パーセント以外のジュースを飲ませないようにしているのかもしれない。

「これ、本当につまらないものですけど」

真咲は大きな手提げの紙袋を差し出した。中にはトウモロコシが入っていた。

「あら、北海道産ね。嬉《うれ》しいわ。ありがとうございます」

醬油を塗って焼こうか、そのまま蒸そうか、秋穂は頭の中で目まぐるしく考えた。北海道産のトウモロコシは甘くて美味《おい》しいから、あまり手を加えたくない。

「初めまして。真由《まゆ》と寿人《ひさと》です」

真咲は子供たちを少し前に押し出すようにして紹介した。二卵性双生児で、真由は醬油顔で真咲に似ていたが、寿人は濃い顔立ちで似ていない。きっと父親似なのだろう。

「江戸川花火大会に行くんですって？」

当たり障《さわ》りのない話題を振ると、真咲は嬉しそうに頷《うなず》いた。

「高校生の時以来だから、すごく楽しみ」

「うちで花火大会に行ったのはこの子だけ。美容院は土日も営業だから、億劫《おっくう》でさ」

「私もよ。土曜日は店があるし」

「こんなに近くに住んでるのに、もったいない」

真咲は気の毒そうに言った。

「近いって言っても、小岩《こいわ》の駅から会場まで、三十分くらい歩くんでしょ」

「私は江戸川渡って、市川側から観るのがお勧め。市川駅から会場まで十五分くらいよ」

「へえ。知らなかった」

他愛もない会話を続ける間、真由と寿人はおとなしく麦茶を飲んでいた。

「行儀がいいわね。えらいわ」

「よそのお宅ではネコかぶるように言ってあるの。うちではうるさいわよ。特に寿人は男の子だから」

すると、巻が嬉しそうに付け加えた。

「この子たち、好き嫌いがなくてね。何でも良く食べるのよ」

真咲は偏食がひどかった。その上、子供の頃は身体が弱くて病気ばかりしていた。巻も小巻も、それにはずいぶん苦労したのだった。

「それは良かったわね。健康が一番だもの」

「私も北海道へ行った頃から、食べられるものが増えたわ。特に子供を産んでからは……」

真咲は北海道大学の医学部へ進学したので、当然実家を離れて一人暮らしだった。ただしか朝夕二食付きの学生寮に入ったと聞いた。

「子供の頃はそりゃひどかったよ。ダメなものを数えるより、大丈夫なものを数える方が早かった。肉はダメ、魚はダメ、匂《にお》いの強い野菜はダメ、お酢はダメ……」

酢が食べられないと、酢の物が食べられないだけでは済まない。ドレッシングのかかったサラダ類も、調味料で酢の入った料理や漬物類も、すべてダメになる。

「人と会食が出来ないのは困るから、少しずつ食べて克服しようとは思ったんだけど……どういうわけか、だんだん食べられるようになってきたの。今もお刺身はダメだけど、火を通してあればお魚も全部大丈夫だし。あの偏食は何だったのかしら」

真咲は納得できない顔で首をかしげた。

「味覚も年齢と共に成長するんじゃないかしらね。子供って、酢の物苦手でしょ。あと、苦みのあるものとか。人参《にんじん》、椎茸《しいたけ》、ピーマンがダメって子供も多いし。でも、ほとんどの子が、大人になると食べられるのよね」

秋穂は教師時代の記憶を手繰《たぐ》り寄せた。小さな子供を持つお母さんには、子供の偏食で苦労した人が少なくない。しかし中学生になると、あまりそういう話は聞かなくなる。

「きっと真咲ちゃんは、人より味覚が若かったのよ」

真咲は嬉しそうに微笑んだ。

「それじゃ、これから大人の味に目覚めるかもしれないわね」

すると巻が秋穂を指し示した。

「向こうに帰る前に、一度秋ちゃんの店に寄るといいよ。酒の肴が色々出てくる。酒の肴は、みんな大人の味だから」


八月になり、江戸川花火大会の日がやってきた。

開始は夜の七時過ぎだが、その日は陽が傾く前から、ルミエール商店街を駅に向かう、浴衣姿の女性グループやカップルが目立った。

秋穂が仕込みをしていると、入り口の戸が開いて巻と真咲、真由、寿人の四人が顔を覗かせた。みんな浴衣姿だった。

「あら、いよいよ出発ね。行ってらっしゃい」

親子三人の浴衣は巻か小巻が見立てたのだろう。子供たちの浴衣はカラフルで可愛《かわい》らしく、真咲の浴衣は藍地に白で菖蒲《あやめ》を染め出した、とても粋《いき》で風情《ふぜい》のあるものだった。

「おばさん、終わったら、ちょっと店に寄らせていただきます」

「大歓迎。お待ちしてます」

浴衣姿の四人の後ろ姿を見送りながら、秋穂は胸が温かくなるのを感じた。幸せな親子と曾祖母。今の幸せが長く続きますように。容易《たやす》く手に入れた幸せでないからこそ、長く続いてほしい……。

「こんちは」

六時の開店から十五分ほど後、この日の口開けのお客さんが訪れた。「谷岡《たにおか》古書店」の隠居の谷岡匡《ただす》と、「水《み》ノ江《え》釣具店」の主人、水ノ江時彦《ときひこ》の二人連れだ。

「いらっしゃい」

二人はカウンターの椅子に腰かけ、差し出された冷たいおしぼりで顔を拭《ふ》いた。

「今日は商店街、やけに浴衣の女の子が多いね」

ホッピーを注文してから、匡が言った。

「江戸川花火大会だからですよ」

「あ、そうか。気が付かなかった」

「お孫さんが小さい頃、連れて行きませんでした？」

匡には樹《いつき》、真織《まおり》、香織《かおり》という、既に成人した三人の孫がいる。

「さあ。連れて行くとしたらうちの婆さんか、資《たすく》のやつだろう」

匡の息子の資は高校の同級生の砂織《さおり》と結婚した。砂織は学生時代から教師志望で、離島教育に情熱を燃やしていたので、結婚して離島に赴任が決まると、二人は別居結婚を選んだ。そして子供が生まれると、中学生までは島で砂織と暮らし、高校になると上京して資と暮らすことにした。

努力の甲斐《かい》あって砂織は島の小学校の教頭になった。もうすぐ島で初の女性校長になるらしい。そして樹はベストセラーを連発する江戸の歴史研究家になり、真織は東京キー局のアナウンサーに採用された。香織はまだ大学生だが、今はバブルの名残が続く売り手市場で、将来は明るいと思われている。

「資さんと砂織さん、今日は？」

今は夏休みで、砂織は東京に帰っている。

「さあな。久しぶりの夫婦水入らずで、どっか行ったんだろう」

「花火大会かしら」

秋穂は二人にホッピーと、お通しのシジミの醤油漬けを出した。

「あの二人だって、もう花火大会はしんどいよ。とんでもなく混むし、暑いし」

「そうねえ。冷房の効いた部屋で見物できればいいけど」

匡がホッピーのジョッキを傾けて、思い出す顔になった。

「昔、業者仲間で屋形船《やかたぶね》を借りて花火見物に繰り出したんだが、ひどい目に遭《あ》ったよ。川は船でいっぱいでびくとも動かないし、風はないし、蒸し暑いし。二度とごめんだ」

「屋形船は冷暖房完備でないときついよ」

「あら、窓閉めてたら、花火が見られないんじゃないの?」

「今の屋形船は全部ガラス張り。だから夏は涼しく、冬は暖かく、舟遊びが楽しめる……と言っても、カラオケやってる客が多いけどな」

秋穂はピーマンの塩昆布和えを皿に取りながら訊いてみた。

「江戸時代も花火見物は人気だったんでしょ。屋形船は渋滞してたのかしら?」

「あ、そう言えば江戸時代、永代橋《えいたいばし》が落ちたよな」

「あれは深川《ふかがわ》の、富岡八幡宮《とみおかはちまんぐう》の祭礼の時の話。隅田川の花火大会で人死にが出たのは明治になってからだ」

匡が訂正を加えてから解説した。

「花火見物に詰めかけた客の重みに耐えかねて、両国橋《りょうごくばし》の欄干《らんかん》が落ちて、大勢の人が亡くなった。俺が生まれるずっと前の話だが、子供の頃も語り草になってたよ」

それは明治三十（一八九七）年の事件だった。それまで木造だった両国橋は、事件をきっかけに金属製に架《か》け替えられた。

秋穂はトウモロコシをラップで巻き、電子レンジに入れて加熱した。火が通ったら醤油・みりん・砂糖を混ぜたタレを塗って「焼きトウモロコシ」に仕上げる予定だ。

醤油の焦げる良い香りがフライパンから立ち上り、カウンターに流れた。

「ああ、夏祭りの屋台を思い出すねえ」

匡と時彦が鼻をヒクヒクさせているところへ、音二郎がやってきた。

「いらっしゃい。今、ちょうどトウモロコシが焼けたとこ」

「良い匂いだ」

音二郎も焦げた醤油の香りを思い切り吸い込んだ。

「はい。熱いから気を付けてね」

秋穂は三つに切り分けたトウモロコシを皿に載せ、それぞれの前に置いた。手でつまんで食べられるように、新しいおしぼりを出してから、音二郎のホッピーセットを準備した。

「まずはこれから……と」

音二郎はホッピーを一口飲んでから、トウモロコシにかぶりついた。

「甘い」

「でしょ。リズのおばさんとこの真咲ちゃんが、北海道から持ってきてくれたの」

「ほう。で、今日はお巻婆さんは？」

「真咲ちゃんとひ孫ちゃんと一緒に、花火大会観に行ったわ」

「ああ、それで浴衣の娘っ子が多かったのか」

音二郎はトウモロコシをかじると、露骨に顔をしかめた。

「しかし近頃の若い女は何考えてんだろうな。せっかく浴衣着たっていうのに、腕まくりして裾《すそ》はしょってるのがいたぜ。ヤクザの出入りじゃあるまいし」

音二郎はトウモロコシをきれいに食べ終え、おしぼりで手を拭くと、ホッピーをひと飲みした。

「ああ、うめえ。夏の味だ」

その時、ガラス戸が開いて新しいお客さんが入ってきた。

「いらっしゃいませ」

見たことのない顔だった。そして米屋には場違いな客に見えた。年齢は五十代だろうか。端整な顔立ちで背が高く、服装も洗練されていた。Tシャツ、チノパン、麻のジャケットというごく普通の組み合わせだが、中身が良いせいか、とても高級に見えた。

「どうぞ、空《あ》いてるお席に」

秋穂は声をかけたが、心の中では、花火見物にやってきて、混雑に紛れて迷子にでもなったのだろうかと思っていた。

堀内拓也《ほりうちたくや》は店内を見回し、わずかに逡巡《しゅんじゅん》したが、カウンターの端の席に腰を下ろした。どうしてこんな店に入ってしまったのか、自分でもよく分からない。当てもなく歩いているうちに路地に踏み込んで、気が付けばこの店の前に立っていた。仕方なく腰を下ろしたが、壁一面に貼られた魚拓を見ると、今からでも席を立って出ていきたくなる。こんな小汚い店で出される海鮮など、見たくもない。

「これは亡くなった主人の趣味で、店では海鮮はやっていないんですよ」

拓也の心を読んだように、女将が先回りして言った。

「お飲み物は何になさいますか?」

ドリンクメニューに目をやると、アルコール類はサッポロの大瓶《おおびん》とホッピー、チューノイ、ノイホール、それに黄桜の一合と二合しかない。あとはウーロン茶とコーラ。

「瓶ビールください」

一番安全な飲み物を選んだ。

女将はおしぼりを差し出してからビールの栓を抜き、コップを添えて拓也の前に置いた。続いてお通しの小皿が置かれた。

中身はシジミの醬油漬け。好物なのでつい箸を伸ばした。一粒つまんで、その予想外の旨さにちょっと驚かされた。

「これ、美味《うま》いですね」

素直な本音が口から漏れた。

「ありがとうございます。台湾《タイワン》料理屋のご主人が教えてくれたんですよ」

秋穂はいつもの「初心者向けの説明」を繰り返した。拓也は「貝は冷凍すると旨味が四倍になる」と聞いて、心底驚いた。貝が好きなので、いくらか損をしたような気がする。そうと知っていればあの時、この時、もっとうまい貝料理が食べられたのに、と。

「秋ちゃん、煮込み」

「俺も」

匡と時彦の注文に応《こた》え、秋穂は小鉢《こばち》によそったモツ煮込みに、たっぷりの刻みネギを載せて出した。

拓也は横目でそれを見て、以前目黒《めぐろ》の小さなイタリアンで食べたトリッパを思い出した。あれは人生最高のトリッパだった。あの店が移転してしまったのは本当に残念だ……。

そう思うと抑えがたい食欲が湧き上がった。考えてみれば昼にざる蕎麦《そば》を手繰ってから、何も食べていない。しかし、こんな店でモツ煮を食うというのは……。

「煮込み、ください」

空腹の前には沽券《こけん》など後回しだった。そして横の老人たちの前には緑の野菜の皿がある。

「あれ、何ですか？」

「ピーマンの塩昆布和えです。召し上がりますか？」

「ください」

出されたモツ煮込みは、臭みが全くなく、驚くほど柔らかくて、煮汁の旨さと肉の旨さが相乗効果を起こしているようだった。合の手に食べるピーマンは、口の中の脂《あぶら》をスッキリ洗い流してくれる。いくらでも食べられそうだった。

「モツ煮、美味しいですね」

「ありがとうございます。うちの看板商品なんですよ」

「腸だけじゃなくて、いろんな部位が入ってますね」

「はい。場外の問屋さんで週一回、仕入れてくるんです」

「場外って、築地《つきじ》？」

拓也の問いに、秋穂は一瞬戸惑った。場外と言ったら築地以外にどこがあるのだろう？

「ええ。創業当時からのお付き合いで」

「場外は今、インバウンドがすごいでしょう」

秋穂はまたまた戸惑った。何、それ？

「ほら、外国人観光客。流行病《はやりやまい》の頃はゴーストタウンみたいになってたけど、去年からまた盛り返してきたよね。豊洲《とよす》移転の前より盛況で、毎日すし詰め状態だって」

秋穂は拓也が言っていることが理解できなかった。流行病？　豊洲移転？　それ、何のこと？　外国人観光客？　そりゃ少しはいるけど、毎日すし詰めなんて、あるわけないじゃない。

「このお店、長いの？」

秋穂が曖昧《あいまい》な表情で答えを保留していると、拓也は新しい質問をした。きっと最初から、秋穂の答えなど大して興味がなかったのだろう。

「二十年ちょっとです。最初は主人が釣ってきた魚で、海鮮料理メインだったんですけど、主人が亡くなってからは、私の素人料理で、何とか」

「充分美味しいですよ。真面目《まじめ》に作ってる感じがする」

「ありがとうございます」

本当はレンチンと作り置きがメインなことを思うと、秋穂はちょっぴり申し訳ない気持ちになった。

「秋ちゃん、今日のシメ、なんかある?」

音二郎が訊いた。

「今日は真咲ちゃんのお持たせで、トウモロコシご飯炊いたんだけど。それと、冬瓜《とうがん》と茗荷《みょうが》の味噌汁《みそしる》」

「じゃあ、それ」

「こっちも、トウモロコシご飯」

匡と時彦も注文した。

秋穂はトウモロコシご飯と味噌汁をよそい、自家製のキュウリの塩漬けを添えて三人に出した。

トウモロコシの炊き込みご飯は、豆ごはんに通じる優しい甘さと食感で、子供から老人まで抵抗なく食べられる。

「お客さん、レタスの自家製サルサソースかけ、召し上がりますか？」

声をかけると、拓也は目を輝かせて頷いた。この店は当たりだったと、すでに確信していた。

サルサソースは玉ネギ、ピーマン、トマトをみじん切りにして塩、胡椒《こしょう》、オリーブオイル、タバスコ、好みでレモン汁を加えて作る。肉や魚や野菜にかけても、タコスにつけて食べても良い。

秋穂はレタスの葉をちぎって水洗いし、水気をしっかり切って皿に盛り、上からサルサソースをかけた。

「はい、どうぞ」

拓也はバリバリと音を立てるようにレタスを平らげた。フレッシュなサルサソースとレタスで、血がきれいになるような気がした。

「どうも、ごっそうさん」

「気を付けてね」

匡、時彦、音二郎の三人はトウモロコシご飯セットを完食し、椅子から腰を上げた。

秋穂はカウンターの食器を片付けながら、拓也に尋ねた。

「お客さん、ピーマンのコーンチーズ焼き、召し上がります？」

拓也は「それ、どういうの？」と問いかけるように秋穂を見た。

「ピーマンにトウモロコシとベーコンを詰めて、チーズをのせて焼くんです。肉詰めも美味しいですけど、今日は頂き物の北海道産トウモロコシがあるので、そっちで」

「美味そうだね。もらうよ」

そして付け加えた。

「僕もシメは、トウモロコシご飯セットで」

「はい、ありがとうございます」

ピーマンに詰めるトウモロコシは、一度レンチンして柔らかくしてある。トウモロコシ、ベーコンの粗みじん切り、チーズの順でピーマンに載せ、オーブントースターで三〜四分焼けば出来上がりだ。

秋穂は洗い物をしながら訊いてみた。

「お客さん、もしかして、昔新小岩にお住まいだったんですか？」

拓也はほんの少し驚いて眉を上げた。

「うん。どうして分かった？」

「うちにいらっしゃる一見さんは、たいてい新小岩にご縁のあった方なんですよ。ほら、こういう店だから、お客さんはご常連さんがほとんどです。初めて新小岩に来た方が、ふらりと入ってくることなんて、滅多にないんです」

拓也は納得した顔で頷いた。

「実家は新小岩で、平和橋《へいわばし》通り沿いで結構大きな酒屋をやってた。今はコンビニになってるけどね」

大学を卒業するまでは実家で暮らしていたが、就職してからは都心のワンルームマンションに引っ越した。それからは港区《みなと》以外に住んだことはない。

「あらあ、すごいですね」

拓也の勤務先は、日本人なら誰でも知っている総合商社だった。

「大きな仕事を任されて、ご活躍なさったんでしょう」

女将はお世辞半分で言ったのかもしれないが、その通りだった。それが、ここへきてすべてが狂うとは。

「今日は江戸川花火大会なんですよ」

秋穂はトースターからチーズのとろけたピーマンを取り出し、皿に盛った。

「お客さんもこちらにお住まいの頃は見物に行かれました？」

「二〜三回。最後に行ったのは高校生の時だった」

秋穂がカウンターにピーマンの皿を置くと、拓也はビールを追加注文した。

「これ、ビールによく合う」

ピーマンを一口齧《かじ》って、拓也は目尻《めじり》を下げた。隠し味にほんの少しバターを使っていた。それがコーンと絶妙に合う。

秋穂はビールの栓を抜いてカウンターに置いた。

「良かったら女将さんも一杯、どう？」

「ありがとうございます」

秋穂もコップを取り、注いでもらったビールを一息に半分ほど飲んだ。四時半から仕込みをして結構時間が経《た》っているので、ビールが美味かった。

「高校生で花火大会ってことは、デートか何か？」

目の前の一見の客は、見るからにモテそうだ。高校生の頃なら、きっと女の子に大人気だっただろう。

「うん。新しく付き合い始めた彼女と一緒に。そこで間の悪いことに、前の彼女とばったり会っちゃってね」

正確にはまだ交際中の彼女だった。つまり拓也は二股をかけていたのだ。別にそれが悪いこととは思っていなかった。女の子は次々向こうの方からアタックしてくるので、どうして一人に決めなくてはいけないのか、理解できなかった。食事だって和・洋・中・エスニックと、色々選びたい。どうして選択肢を一つにすることが求められるのだろう。

「それは……お互い、気まずい思いをなさったでしょうね」

「うん」

正直言えば、拓也は「やべ」と思ったに過ぎない。しかし相手の少女は、大ショックを受けていた。あの時の彼女の目は、まるで目の前の風景がガラガラと音を立てて崩れていくのを目撃しているかのようだった。

それっきり、彼女は二度と拓也と連絡を取ろうとはしなかった。拓也も面倒くさいのでフォローしなかった。一緒に花火大会に行った少女とも、新学期が始まるとだんだん疎遠になって、いつの間にか立ち消えになってしまった。

高校二年の二学期が終わると、学校はいよいよ受験態勢に入り、拓也も恋愛ごっこをしている余裕はなくなった。

拓也は現役で志望校に合格した。超のつく一流大学に。同期に女子学生は少なかったが、拓也も同期の男子学生も、もともと同じ大学の女子は眼中になかった。サークルには昔から名門女子大の女子学生が在籍する習わしで、恋愛ももっぱら彼女たちが相手だった。

特に拓也は学内でも目立つイケメンだったから、女の子が殺到した。拓也は冷静に計算して、その中から大手銀行頭取の次女を選び、結婚の約束をした。

就職活動も順調で、第一志望の総合商社から早々と内定をもらった。入社してからは同期の出世頭になった。人間関係にも恵まれた。すぐ上の上司は、ゆくゆくは取締役社長と目されていた人物だった。その人に引き立てられて拓也もやがては……。

「まるで、ドミノ倒しだよな」

我知らず拓也は呟《つぶや》いた。聞こえていたのだろうが、女将は何も言わず、空《から》になったコップにビールを注ぎ足してくれた。

拓也は妙な衝動にかられた。今、ここで、胸に溜まった屈託をすべて吐き出してしまいたい。二度と訪れることのない店で、二度と会うこともない女将に。それなら地面に穴を掘って「王様の耳はロバの耳!」と叫ぶことと大差ない……。

「母は一昨年亡くなって、父は八十三歳になる。どうも、認知症が進んだみたいで……施設に入れることになってね」

「まあ」

秋穂は同情を込めて頷いた。五十代の子供が八十代の親の介護をするケースもあると聞く。秋穂の同級生も何人か、同じ体験をしている。

「さっき、うちの店があった場所を見てきたんだ。もう、跡形もないね。新小岩もすっかり変わってしまった」

拓也は溜息を吐いて頭を左右に振った。

「良い施設は見つかったんですか？」

「まあね。何とか」

だが、それで終わりではなかった。

「女房が、突然出て行ってしまって」

間の抜けた声が出そうになって、秋穂は言葉を飲み込んだ。

「まあ、身から出た錆《さび》で、仕方ないんだが」

拓也は部下の女性と不倫していた。それは最初ではなく、これまでに何度も同じことを繰り返してきた。女性は今年会社を辞めて起業し、それをきっかけに不倫関係も解消した。

するとと突然、妻は離婚を切り出した。

「正直、夢にも思っていなかったよ。今までずっと見て見ぬふりをしてきたのに、何で今になって急に……」

拓也が結婚と不倫は別と割り切っているように、妻も割り切っているのだとばかり思っていた。

「ずっと我慢してたのよ。彩夏《あやか》が結婚するまではと思って」

彩夏は二人の一人娘で、去年の暮れに結婚した。

しかし、不倫している最中ならともかく、どうして別れた後でわざわざ離婚を言い出すのか、拓也には不可解だった。

「私、もう若くないのよ。これからの人生、あなたみたいな人と一緒に暮らして自分を擦《す》り減らすなんて、まっぴらだわ」

妻は離婚届と並べて、興信所の調査記録の入った書類封筒をテーブルに置いた。

「第一回目から全部調べてあるから、かなりの量よ。慰謝料はきっちり払ってもらうから、覚悟してね」

妻は捨て台詞《ぜりふ》を残して、マンションを出て行った。

そこまで聞いて、秋穂は何とも返事のしようがなかった。確かに拓也は身勝手で脇《わき》の甘い男だった。しかし、その脇の甘さは、言い換えれば人の好《よ》さだった。もっと狡猾《こうかつ》な男なら、妻に簡単に尻尾《しっぽ》を摑《つか》まれるような下手《へた》な浮気はしないだろう。

「大変ですね」

秋穂は同情をこめて言った。妻の立場なら顔も見たくないだろうが、赤の他人から見ると、拓也の間抜けさには可愛げがあった。

「ところが、それじゃ終わらなかったんだよ」

「まだ何かあるんですか？」

拓也は神妙に頷いた。

「上司が失脚したんだ」

上司は今年の人間ドックで肺に癌《がん》が発見された。去年までは何の疑いもなかったというのに、発見された時はすでにステージ４で、余命宣告を受けた。

「上司にはライバルがいて、病気療養中に巻き返しを図って逆転した。たちまち、上司の派閥は経営の中枢から一掃された。一の子分だった俺はもちろん、平取《ひらとり》に降格させられて、子会社に飛ばされた」

「まるで《逆わらしべ長者》ですね」

「ほんとだ」

拓也は思わず噴き出した。まったく、負のスパイラルも良いところだ。脳天逆落《さかお》とし
だ。

「それで、お客さん、これからどうなさるんですか？」

拓也が案外さばさばしているので、秋穂は訊いてみた。

「別に。どうせ、なるようにしかならない」

昔の自分なら絶対に吐かないセリフが、自然と口を突いて出た。

「なんだか、何もかも虚《むな》しくなっちまってさ」

口に出して言うと、自分の気持ちが明確になった。

「会社を辞めるのも面倒くさい。このまま定年まで、流されて生きるしかないな」

拓也はコップに残ったビールを飲み干した。秋穂は黙ってビールを注ぎ足した。

「不思議なもんで、最初は頭に血が上ってたんだが、だんだん血が下がって冷静になると、妙にさっぱりした心境でね。今までしがみついていたものに対する執着が、一気に薄くなった感じだ。出世とか業績とか女とか。最初から何もなかったんじゃないか、幻を追いかけてたんじゃないか……そんな気がする」

拓也は改めて、花火大会で遭遇した、二股をかけられた少女のことを思い出した。彼女の心象風景が、今の拓也には想像が出来た。信じていたものに裏切られ、大切なものが指の隙間《すきま》からするりと抜け落ちてゆく気持ちが、今なら理解できる。

「……あれが間違いの始まりだったのかな」

秋穂はコップのビールを飲み干して、拓也に向き合った。

「お客さんは、後悔してますか？」

「……どうだろう。多分、してないと思う。やりたくないことをやってきたわけじゃないから」

「それなら、大丈夫ですね」

「何が？」

「諦《あきら》めがつくってことです」

拓也は怪訝《けげん》な顔で秋穂を見返した。

「諦められるって、良いことなんですよ。諦めた途端、余計な執着やプレッシャーから解放されます。だから諦めはマイナスじゃなくてプラスの感情なんです」

秋穂は笑みを浮かべて先を続けた。

「諦めると、次のステージが見えてきますよ」

次のステージ……拓也はぼんやり思い浮かべた。施設に入った父。結婚した娘。派閥抗争のとばっちりで左遷された部下たち。自分にもまだ、出来ることがあるのだろうか。

「女将さん、諦められないとどうなるの？」

「後悔します」

秋穂はきっぱりと答えた。

「後悔は人の心をむしばんでゆく病《やまい》です。だから、後悔しないように生きないと、人間は幸せにはなれません」

「女将さんは後悔しないんだ？」

「はい。反省はしますけど」

拓也は何となく肩の荷を下ろしたような気持ちになった。

「こんばんは」

そこへガラス戸が開き、新しいお客が入ってきた。

「あら、真咲ちゃん、いらっしゃい」

真咲は一人だった。子供たちは巻に預けて、先に帰宅させたのだろう。

「花火、どうだった？」

「すごかった。でも、人出がすごくてね。江戸川側の方がずっと広いから場所取りは楽なんだけど、屋台禁止なのよ。子供たちは屋台も楽しみにしてたから……」

「とりあえず、飲み物どうする？」

「そうね。ビールが良いわ。冷たいの」

真咲は帯の後ろに挟《はさ》んだ団扇《うちわ》を取って、パタパタと顔を扇いだ。

「ご主人、いつらっしゃるの？」

「月曜日。ホントは今日の花火見せてあげたかったんだけど、当直の先生が休暇でね」

「あら、副院長を差し置いて？」

「うちはお義父様《とうさま》の代から民主主義なの。だから医者も看護婦も、定着率良いのよ」

秋穂はビールの栓を抜いてカウンターに置いた。その時、目の端に拓也が入った。その顔は石像のように固まり、目は大きく見開かれていた。

「お客さん？」

声をかけると、拓也は真咲を指さした。その手が小刻みに震えていた。

「ま、真咲……井筒真咲……さん？」

真咲は不審な顔で拓也を見返した。

「はい。井筒は旧姓ですけど、どちら様ですか？」

「拓也だよ。堀内拓也」

真咲はますます不審な顔になって問い返した。

「堀内君のお父さんですか？」

拓也は言葉を失い、急速冷凍されたように全身が硬直した。

目の前の女は、真咲に間違いなかった。もはや女子高生ではないが、充分面影が残っている。それにしても、どうしてこんなに若いのだろう？　まるで自分の娘くらいではないか。

拓也は必死に冷静さを取り戻そうとした。

「あの、失礼しました。それではご結婚されてるんですね」

「はい。もう四年になります」

「お子さんは？」

「二人。双子なんです。だからどちらも三歳」

「それは、おめでとうございます」

拓也はハンカチを取り出して、額の汗を拭った。

「それじゃ、私はこれで。女将さん、お釣りは結構だから」

カウンターに一万円札を置くと、拓也は逃げるように店を出ていった。

秋穂も真咲も「変な人」と言いたげにその後ろ姿を目で追った。

「今の人、知り合い？」

「高校生の時ちょっと付き合った人のお父さん……だと思う」

真咲は美味そうにビールを一口飲んだ。

「……思い出した！　江戸川花火大会で、ばったり会ったのよ」

真咲はパチンと指を鳴らした。

「そしたら、彼は女の子と一緒だった。その女の子、別の学校の子なんだけど、私の親友のカレシを寝取った、すごい性悪女なのよ。その女と一緒だったから、私もう呆れ果てて、顔見るのも嫌になっちゃった。趣味悪すぎ！」


土曜日に行ったはずの店が、月曜日に見つからないのはどうしたことだろう。たった二日しか経っていないのに。

拓也はルミエール商店街の真ん中に立ち、左右を見回した。

この辺で右に曲がり、最初の路地を左へ折れる。それで間違いないはずだった。

しかし、今路地に面して建つのは「とり松《まつ》」という焼き鳥屋と昭和レトロなスナック「優子《ゆうこ》」だけで、その間に挟まれてしょんぼりと赤提灯《あかちょうちん》を灯していた「米屋」がない。目の前にあるのはシャッターの閉まった「さくら整骨院」という治療院だ。

拓也は迷った末、とり松の引き戸を開けた。

中はカウンターとテーブル席が二つ。カウンター席には三人のお客が座っていた。背中の感じで老人だと分かる。カウンターの中では七十代後半と思われる主人が団扇を使って串を焼き、同年代の女将がチューハイを作っていた。

「あのう、ちょっとお尋ねしますが」

主人と女将が拓也を見た。

「この近くに米屋という店はありませんか？」

カウンターの老人三人が一斉《いっせい》に振り向いた。その顔には見覚えがあった。土曜の夜、米屋にいた先客たちだ。

拓也は老人たちに近寄った。

「こんばんは。土曜日に米屋でお目にかかりましたよね。ほら、花火大会のあった日、私が後から来て、皆さんは先にお帰りになりました」

父親と同じく頭のきれいに禿《は》げ上がった沓掛直太朗《なおたろう》が答えた。

「お客さん、あなたの会ったのは、多分私たちの親父ですよ」

拓也は「そんなバカな」と言いかけたが、その前に、父親と同じく山羊《やぎ》のような顎髭《あごひげ》を生《は》やした谷岡資が言った。

「本当ですよ。私たちの親父はかれこれ二十年前に亡くなりました。……直さんのとこはもう二十五年になるか」

父親と同じく釣り師のようなポケットの沢山ついたベストを着た水ノ江太蔵《たいぞう》が、追い打ちをかけるように言った。

米屋もとっくになくなりましたよ。女将の秋ちゃんが急死して。平成に入って二～三年の頃だから、もうどれくらいになるかなあ」

再び直太朗が言った。

「跡継ぎがなかったんで店は人手に渡って、今の整骨院で五代目くらいです」

「で、でも、私は会ったんです。土曜の夜に……」

拓也は膝《ひざ》から力が抜けて、くずおれそうになるのを、テーブルを摑んでかろうじて身体を支えた。

その様子を見た三人の老人は、同情のこもった、優しげな微笑を浮かべた。

「ところが最近、どういうわけか、米屋で秋ちゃんやうちの親に会ったっていう人が現れるんですよ」

「店を探しても見つからないんで、皆さんここへ訊きに来るんですがね」

「でも、怖い思いをした人はだれもいません。皆さん、米屋で秋ちゃんと話して悩みが解決したって、喜んでくれましたよ」

直太朗、資、太蔵と話して、もう一度直太朗が口を開いた。

「お客さん、もしあなたも米屋に行ったことで、何か光明《こうみょう》が見えたんなら、秋ちゃんのこと、たまに思い出してやってください」

資が先を続けた。

「死んだ者にとっては、思い出してあげることが一番の供養《くよう》なんです。秋ちゃんは子供がなかったから、俺たちが死んだら、誰も思い出す人がいなくなってしまう」

最後に太蔵が締めくくった。

「秋ちゃんも、先に亡くなったご主人の正美《まさよし》さんも、元は学校の先生でね。二人とも親切で面倒見の良い人だった。だからあの世に行っても、困った人を見ると放っとけなくて、お節介を焼いてるんじゃないかってみんなで話してるんですよ」

三人の言葉を聞いているうちに、拓也の瞼《まぶた》には涙があふれてきた。

そうだ、この人たちの言う通りだと、拓也は思った。

米屋の女将さんの言葉で、自分は気持ちの整理がついた。諦めは敗北ではない、無用な執着とプレッシャーからの解放だと、確信することが出来た。諦めるからこそ、次のステージへ移行できるのだと。

そして、反省はしても後悔はしない。

俺は多分、真咲を不幸にしていない。そもそも、俺に誰かを不幸にするような力はなかったんだ。真咲は自分の力で幸せをつかみ、幸せに暮らしている。それが分かっただけで、良かったじゃないか。

拓也は小さな店の低い天井を見上げた。

女将さん、ありがとうございました。残りの人生、自分に出来ることを、精一杯やっていきますよ。もしいつかあの世で会うことが出来たら、また美味しい料理を食べさせてください。

拓也はジャケットの袖で涙を拭い、三人の老人に深々と頭を下げた。

「ありがとうございました。皆さんのお言葉、決して忘れません」

「お客さんも、元気で」

最年長の直太朗が言い、三人の老人は出てゆく拓也を見送った。

店の外に出ると、狭い路地の上にも、新小岩の夜空が広がっていた。

第四話

戻るカツオ

教室には四十五人の生徒が全員着席していたが、しわぶき一つ聞こえない。耳を澄ませば、カリカリと鉛筆を走らせる音が聞こえてくる。今日は期末試験の最終日だ。

担任はゆっくりと机の列の間を歩き回り、時々腕時計を見た。

秋穂《あきほ》は何とか最終問題の答えを書き終えた。ホッとして答えを見直そうと、答案用紙の一問目の解答欄《らん》に視線を移し、思わず目を疑った。

……ない。書いたはずの解答がどこにもない。消えている！

一問目だけではなかった。二問目から最終問まですべて、解答欄は完全な空欄になっている。そこに書き込んだはずの文字はひとつ残らず消えていた。

「先生！」

秋穂は悲鳴のような声を上げた。

「どうした？」

教師が秋穂の机の横に立った。

答えが消えてるんです！　書いたはずなのに、全部！」

しかし教師は少しも驚かなかった。むしろ当然のような顔で答えた。

「当たり前じゃないか。消えるインクで書いてるんだから」

秋穂は唖然《あぜん》とした。先生は何を言ってるんだろう。鉛筆で書いてるに決まってるじゃないか。

そう思って右手を見た。すると不思議なことに、右手に握っているのは鉛筆ではなく、ボールペンに似た筆記具だった。プラスチックの胴体の中心には、透明の管が通っている。普通は赤や青や黒のインクが入っているはずの管には、水のような透明の液体が入っていた。

問題用紙にそのペンで線を引くと、青い色が出た。しかし、ほんの数秒でその色は消えてしまい、線は見えなくなった。

またしても唖然として教師を見上げると、教師は何事もなかったように答えた。

「ほら、消えるだろう」

秋穂は完全に頭が混乱したが、かろうじて次の質問を口にした。

「これ、どうやって答え合わせするんですか？」

教師は呆《あき》れたように眉《まゆ》をひそめた。

「下から火で炙《あぶ》るんだよ。そうすれば文字が浮き出てくる」

それ、炙り出しでしょ。小学校の理科の実験じゃあるまいし。なんで期末試験でそんなことしないといけないの？

その時、教師がポンと手を叩《たた》いた。

「はい、ここまで。全員、ペンを置いて」

そこでハッと目が覚めた。耳の奥で懐《なつ》かしいチャイムが小さく鳴った。

突っ伏していたちゃぶ台から顔を上げると、そこは見慣れた我が家の茶の間だった。昼ごはんの後で、いつの間にかうたた寝をしていたらしい。壁の時計を見ると、すでに四時を過ぎていた。

秋穂は立ち上がり、部屋の奥の仏壇の前に座り直した。蠟燭《ろうそく》を灯《とも》し、線香に火を移して香炉《こうろ》に立てた。灰が少なくなってきたので、そろそろ買わないといけない。

おりんを鳴らして手を合わせ、そっと目を閉じると、いつものように心の中で夫の正《まさ》美《よし》に語り掛けた。

あなた、期末テストの夢見ちゃった。卒業して四十年近く経《た》ってるのに、変ねえ。試験ってそんなにストレスだったのかしら。私たち教師も生徒にストレス与えてたってこと？　だとしたら、因果《いんが》なもんねえ。

秋穂は合掌を解いて目を開けた。写真立ての中で、正美はいつものように微笑んでいる。それを見ると、秋穂の顔にも自然と笑みが浮かんだ。

　それじゃ、行ってきます。

　秋穂は蠟燭を消して立ち上がり、一階の店に続く階段を下りた。

東京都葛飾《かつしか》区の最南端に位置する新小岩《しんこいわ》は、葛飾区の南の顔だ。知名度では「フーテンの寅《とら》さん」の柴又《しばまた》、『こちら葛飾区亀有《かめあり》公園前派出所』（通称「こち亀」）の亀有、《せんべろ》の立石《たていし》に劣るかもしれないが、一日の乗降客十二万人超のＪＲ新小岩駅、駅の南北に広がる商店街、それを囲む広大な住宅地を有し、今は駅前再開発の真っただ中でもある。そのスケールと勢いは、今や葛飾区の筆頭だろう。

　その新小岩に、二〇二三年には駅ビル「シャポー」が完成し、二〇三二年には駅前にタワマンが竣工する。いつの日か、新小岩と言えばタワマンと称される日が来るかもしれない。

　しかし、今のところ新小岩のアイコンが、南口のアーケード商店街・ルミエール商店街であることは、衆目の一致するところだ。

　昭和三十四（一九五九）年に完成したルミエール商店街は、全長四百二十メートルのアーケードの両側に、百四十軒の店が軒を連ねる。しかもシャッター店はほぼ皆無、すべての店舗が営業しているのだから素晴らしい。

商店街開設当初から続いている店は、第一書林《だいいちしょりん》、魚次《うおじ》三等《さ》、数えるほどしか残っていないが、どの店も気軽に入れて、安心して買い物ができる点は、今も昔も変わらない。

多少変わった点は、商店街一丸となって開催するイベントが増えたことだろうか。

新春餅《もち》つき大会、夏と冬のスクラッチセールに加えて、東日本大震災の被災地復興支援を目的として、毎年四月に「新小岩さくらまつり」が開催されるようになり、二〇一七（平成二十九）年からは十月に「ルミエール収穫祭」も開催されている。

イベント開催時はゲストを呼んでの催しや、様々な特典があるので、もし遠くから一度ルミエール商店街に行ってみようと思われる方は、イベントに合わせて足を運ぶのが賢いかもしれない。

そんな新小岩だが、商店街から一本横の路地に入ると、イベントとは無縁のひっそりした飲食街が続いている。昔ながらの飲み屋もあれば、中華やエスニックの居酒屋、こじゃれたスペインバルやオイスターバーもある。どの店も気取らず、懐《ふところ》に優しい。

「米屋《よねや》」も昔ながらの路地裏に店を構える一軒だ。素人上《しろうと》がりの女将《おかみ》がワンオペで営む店だから、大したご馳走《ちそう》は期待できないが、居心地よく飲めることは間違いない。心優

しい常連さんに恵まれて、かれこれ二十年以上も店を続けているのだから、

最近は女将も少し料理の腕を上げたのか、時たま、路地裏の居酒屋には不似合いな、セレブや有名人のお客がやってくるという噂《うわさ》がある。

ひょっとして、今夜も……。

「九月になったっていうのに、暑いわね」

開店十分前の五時五十分、志方優子《しかたゆうこ》が店に入ってきた。カウンターの椅子《いす》に座るなり、バッグから扇子《せんす》を出してパタパタと顔を扇《あお》ぐ。

「冷房、強くしようか？」

米田《よねだ》秋穂が訊《き》くと、優子は首を振った。

「良いわ。どうせごはん食べると暑くなるし。店に帰ればだんだん冷えるし」

秋穂は冷たい麦茶を出して、気休めを言った。

「暑さ寒さも彼岸までだから、もうちょっとの辛抱よ」

冷たいおしぼりに続けて、ナスの青じそ和《あ》えを出した。手で裂いて塩もみしたナスとちぎった大葉《おおば》をめんつゆで和えただけの料理だが、大葉の爽《さわ》やかさが暑い日には嬉《うれ》しい。

優子は早速箸《はし》を伸ばし、ナスと大葉を頬張《ほおば》った。

「今日は戻りガツオ、あるけど」

「あら、もうそんな時期なんだ」

カツオの旬は春と秋の二度あって、春のカツオを初ガツオ、秋のカツオを戻りガツオと呼ぶ。春はまだ餌《えさ》を充分食べていないため、身が引き締まってさっぱりとした味わいで、秋は充分に餌を食べた後なので、脂《あぶら》がのって濃厚な旨味が増している。

「刺身とタタキと両方買ってきたの。タタキなら普通に玉ネギと大葉で、刺身なら胡麻《ごま》醤油《じょうゆ》に漬《つ》けて、漬《づ》け丼もできるわよ」

「そうねえ……タタキにする。薬味たっぷりでお願いね。シメは素麺《そうめん》食べたいんだけど」

「良いわよ。薬味、ネギと生姜《しょうが》でいい？」

「うん。ありがとう」

買ってきたカツオのタタキの冊《さく》を切り、皿に盛ってたっぷりの晒《さら》し玉ネギと千切りの大葉を載せ、おろし生姜とおろしニンニクも添えた。これは醤油より「味ぽん」で食べるのがお勧めだ。

「嬉しい。これならサラダ感覚で食べられるわ」

目の前に大皿を置くと、優子は目を輝かせて味ぽんを振りかけた。

「あたし、昔は戻りガツオの方が脂が載ってて好きだったんだけど、最近、初ガツオも捨てがたいと思うようになって」

「魚好きの人は、初ガツオはさっぱりしてて良いっていうわよね」

優子はカツオと野菜を頬張ったまま頷《うなず》いた。

「河岸《かし》でバイトしてる頃、仲卸《なかおろし》のおじさんたちが言ってたわ。魚の味と脂の味は違う、大トロは脂だって」

優子は若い頃、築地《つきじ》市場の飲食店でバイトしていたという。そこにマグロの仲卸とか、寿司ネタや天ぷらネタを扱う店の主人とか、魚のプロがごはんを食べに来ていたようだ。

「一口食べた瞬間、パッと味が分かる味の濃いもんは、若い奴向けだって。トロとか金目《きんめ》とかノドグロとか」

「なるほどね」

「でも、赤身や白身や貝は、じっくり嚙《か》み締めた時にジワリと染み出す旨味と滋味、ふわっと鼻に香りが抜けてく感覚、あれがまさに大人の味だっていうのよ」

優子は一度箸を置いて麦茶を飲んだ。スナックのママだが、酒は一滴も飲めない、完全な下戸《げこ》だった。

「二言目《ふたことめ》には『若いもんには味の濃いもん食わせときゃいいんだ』って言うの。その頃は私も若かったから、何言ってんだと思ったけど、今になるとなるほどって思うわ」

「そう言えばうちの父親、大トロは食べなかったわ。中トロは好きだったけど、大トロは脂が強すぎるって」

「だって戦前まで、大トロは捨ててたんでしょ。池波正太郎《いけなみしょうたろう》のエッセイで読んだことあるわ」

優子は再び箸を持った。

「お母さんに夕飯ネギ鮪《ま》鍋《なべ》にするからトロ買っておいでって言われて、魚屋にお使いに行ったら『ああ、正ちゃん、トロなら売れないから、持ってきな』って言われて、ただでもらってきたって」

「今じゃ信じられないわよねえ」

秋穂は鍋をガス台に載せ、素麺を茹《ゆ》でる湯を沸かした。

「私も、昼下がりの蕎麦《そば》屋で冷や酒飲みながら盛《もり》を手繰《たぐ》る……なんて、池波正太郎チックな世界にあこがれたのって、四十過ぎてからよ。若い頃はスパゲッティやピザでワイン飲むのがおしゃれだと思ってた」

聞いた話では、六本木《ろっぽんぎ》にある「キャンティ」というイタリアンレストランは、芸能人や文化人のたまり場になっていたという。あこがれる気持ちはあったものの、一度も訪れることもないまま、麻布《あざぶ》や六本木で遊びたい年齢は過ぎていた。銀座《ぎんざ》より西へはまとんと行ったことがないので、きっと迷子になってしまうだろう。

そして気が付けば、いつの間にかスパゲッティはパスタと呼ばれるようになった。アルデンテという単語がすんなり口から出るようになったのもつかの間、どんどん新しい知識が入ってくる。

「どうしたのよ、溜息《ためいき》なんかついて」

カツオのタタキを食べ終わった優子が訊いた。

「時の経つのは早いなあと思って。ついこの間学校出たと思ったら、もう五十過ぎ」

「おんなじ。特に四十過ぎると、坂を転げ落ちるように年取ってくわ」

秋穂は茹で上がった素麵をザルにあけ、冷水で洗った。漬け汁は水で薄めためんつゆと、刻みネギとおろし生姜。

「夏はこれに限るわ」

優子は美味《うま》そうに素麵を啜《すす》った。

食べ終わると麦茶を飲み干し、金のシガレットケースから煙草《たばこ》を一本抜きだして、口紅型のライターで火を点《つ》けて燻《くゆ》らせた。食後の一服は、下戸の優子には至福の時かもしれない。

「ああ、ごちそうさま」

優子は代金をカウンターに置くと、少し申し訳なさそうに言った。

「カツオ、美味《おい》しかったけど、出前は取れないと思う」

優子の店はつまみは乾き物しか出さないので、「米屋」からは軽めのつまみとおにぎり、お茶漬け、「とり松《まつ》」からは焼き鳥の出前を取っている。ほとんどのお客は、一応飲んで食べた後、二軒目にやって来るので、重い料理のリクエストは期待できないのだ。

「良いわよ、そんなこと。気にしないで」

秋穂は店を出る優子の背に「行ってらっしゃい」と声をかけて送り出した。


「こんにちは！」

六時半少し前、その日の口開けのお客さんが入ってきた。その顔を見て、秋穂も声を弾ませた。

「いらっしゃい！　お久しぶり」

「ご無沙汰《ぶさた》してます！」

朱堂佳奈《すどうかな》と町村至《まちむらいたる》は、平哲二《たいらてつじ》に真ん中の椅子を勧めてから腰を下ろした。

佳奈はライターで、二年ほど前、仕事先の雑誌の副編集長と一緒に来店した。決して若向きではない米屋を気に入ったらしく、それからもう一度、至を誘って来てくれたのだった。

至は文芸誌の編集者で、佳奈とは大学の同級生だという。

「お二人とも、今日は取材で？」

おしぼりを差し出して尋ねると、佳奈と至は意味ありげな目で哲二を見た。年の頃は二人より少し上、三十代半ばくらいに見える。

「女将さん、この人、作家」

至が言うと、哲二は困ったように片手を振った。

「やめてよ。恥ずかしいから」

「『滅びの家』って知ってる？　今年の直木《なおき》賞受賞作。この方は平哲二先生。その作者なのよ」

かまわず佳奈が説明した。

「あら、まあ。それは大したものですね。おめでとうございます」

そう答えながら、秋穂は心の中で「はてな？」と訝《いぶか》った。今年の直木賞受賞作は、たしか別の作品だったような……。

「先生、お飲み物は？」

佳奈が尋ねると、哲二は「ホッピー」と答えた。

「私もホッピーにする。町村君は？」

「僕もホッピー」

秋穂はそれ以上深く考えず、ホッピーセット三つの支度をした。

「町村君は先生の担当編集者で、私は『ＶＯＹＡＧＥ』で何度も一緒にお仕事させていただいてるんです」

佳奈はフリーのライターで、色々な媒体と仕事をしているが、メインは女性誌「ＶＯＹＡＧＥ」だった。

お通しのシジミが出ると、早速佳奈が蘊蓄《うんちく》を披露《ひろう》した。

「先生、このシジミ、バカに出来ないんですよ。台湾《タイワン》料理屋のご主人のレシピなんですって。梅干し風味がいいでしょ」

哲二はふた粒口に放り込んで「なるほど」と頷いた。

「このシジミ、一度冷凍してあるんです。貝は冷凍すると、旨味が四倍になるそうです」

至も以前来店した時、秋穂から聞いた説明を披瀝《ひれき》した。

「女将さん、おつまみ、適当に出してください。あと、煮込みはマストで」

佳奈は来店三度目とは思えないほどの常連感を発揮した。

「はい。それじゃ、お野菜から出しますね」

秋穂はナスの青じそ和え、青梗菜のとろろ昆布漬け、インゲンのコチュジャンチーズ和えを出した。すべて作り置きなので、すぐ出せる。

青梗菜のとろろ昆布漬けは、白出汁《しろだし》で煮た青梗菜にとろろ昆布を加えただけだが、とろろ昆布の旨味とつるんとした食感が酒を呼ぶ。

インゲンのコチュジャンチーズ和えも、茹でたインゲンをコチュジャンとクリームチーズを混ぜたソースで和えるだけだが、どちらも発酵食品なので、相性がとても良い。生姜醤油で食べるのが一般的なインゲンが、韓国風味に変身する。

三人とも若いので、食欲は旺盛だった。みるみる皿が空《から》になる。秋穂は自慢の煮込みに続いて、よだれナスも出した。

「先生は今、ものすごくお忙しいでしょうね」

秋穂が当たり障《さわ》りのないことを言うと、佳奈と至は勢い良く頷いた。

「そうなんです！　もう取材殺到で」

「寝る間もないくらいですよね」

哲二は曖昧《あいまい》な微笑を浮かべて頷いた。

「それじゃあ、新小岩までいらっしゃるのは大変ですね」

哲二のような有名人は都心に固まっているイメージがある。新小岩など、地の果てのように思っているかもしれない。

「僕は新小岩の生まれなんですよ」

「あら、まあ」

「家は北口の方でした。住所でいえば西新小岩……中学生の時に埼玉に引っ越してしまったけど」

「平先生は、明日、卒業した小学校の創立百周年の式典に招待されてらっしゃるんです。今日はその下見」

佳奈が言うと、哲二はまた曖昧な笑みを浮かべた。

「いや、新小岩もだいぶ変わってるから、もう勝手が分からなくてね。今日、たまたま仕事の打ち合わせで朱堂さんに会ってそう言ったら、町村君も誘って探訪しないかって。新小岩にすごくレトロで良い居酒屋があるから、帰りに行きましょうって。僕、居酒屋大好きだから、誘われると断れなくてね」

「卒業した小学校から招待されるなんて、故郷に錦《にしき》を飾るって感じですね」

「そうそう。新小岩の生んだ二大英雄は、柔道のウルフ・アロンと平哲二先生ですよ」

「ウルフ・アロンって新小岩出身なの？」

「いやだ、町村君、知らなかったの。彼は小松南《こまつみなみ》小学校卒業よ。ね、先生」

「そうだってね。僕も人に聞いて驚いた」

秋穂は三人の会話を聞いて頭の中が「？」でいっぱいになった。ウルフ・アロン？　ローンウルフの間違いじゃないの？　いや、「ローンウルフ　一匹狼」は天知茂《あまちしげる》主演のドラマだったから、この人たちが知るわけないか。

「先生、来賓挨拶《らいひんあいさつ》とかされるんですか？」

「うん。一応ね」

「大変ですね」

「短くていいって言われたから、何とかなるさ」

哲二はホッピーを飲み、煮込みに箸を伸ばした。

「……美味い」

思わず声が漏れた。煮込みはあちこちの店で食べているが、米屋の煮込みはその中でもトップクラスだった。しっかり下茹でしてあるので柔らかく、臭みが全くない。煮汁は長年内臓肉の旨味を吸収してきたヴィンテージ物らしい濃厚さだ。それなのに決して重過ぎない。腸だけでなく、色々な部位が入っているのも良い。

「朱堂さん、町村君、よくこの店を見つけたね」

悪いが、外見からこの内容は想像できなかった。ただの古ぼけた小さな居酒屋にしか見えない。

「谷岡樹《たにおかいつき》先生の取材で、ご近所を回った時、たまたま見つけて若尾《わかお》編集長と入ったんです。正直、全然期待してなかったんで、びっくりしました」

佳奈の言葉から、秋穂はあの日来店した年長の女性が、副編集長から編集長に昇格したのを知った。めでたいことだ。

「中身、お代わりください」

三人が同時に注文した。秋穂はキンミヤ焼酎《しょうちゅう》を測りながら、話のついでに訊いてみた。

「創立百周年っていうと、何か特別なイベントがあるんですか？」

至が哲二に代わって答えた。

「メインイベントは、タイムカプセルの返還式なんだって」

「タイムカプセル？」

「先生の母校は、五十年前に創立五十周年を記念して、卒業生の代表チームがタイムカプセルを作って校庭に埋めたそうです。それから五年ごとに、代表チームでタイムカプセルを埋めるのが伝統になったんです。明日は各年代の卒業生の代表チームを招待して、タイムカプセルを開けて、中身を返還するそうです」

「なんだか、ロマンチックですね」

「ホント。小学生の時何考えてたかなんて、今はよく思い出せないもん」

佳奈がジョッキにホッピーの残りを注ぎながら言った。

「先生も、タイムカプセルを埋めたんですよね？」

至の言葉に、なぜか哲二はピクリと眉を動かした。

「うん、まあ、チームに入ってた」

佳奈はポンと膝《ひざ》を打った。

「なるほど。学校は二重の意味を込めて、先生を招待なさったんですね。有名な卒業生として、タイムカプセルを返還するチームの一員として」

「何が出てくるか、楽しみですね」

「まあね」

哲二はまたしても曖昧な表情で答えた。

「でも、タイムカプセルを掘り出すのって、時間がかかるんじゃありませんか？　五年に一回としても、五十年で十個でしょう」

秋穂が尋ねると、至が首を振った。

「前もって掘り出してあるんだ。当日一度に掘るのは無理だから」

「今日、校長先生が親切に見せてくださったの。事務室に年代順に並べて置いてあった。

式典までは絶対にだれも中を見ないように、厳重に管理するって」

「学校の式典って、どれも似たり寄ったりだから、そういうイベントがあると良いですね。タイムカプセルを埋めた方は、昔の自分との再会が待ち遠しいでしょう」

秋穂は三人の箸の進み具合を確かめた。順調に減っている。これならもう一品、メインの料理を出しても良さそうだ。

「今日は戻りガツオが入ってるんですけど、召し上がりませんか？」

佳奈と至がいち早く挙手し、哲二も少し遅れてから手を挙げた。

「タタキと刺身があるんですけど、どちらがお好みですか？」

三人は互いの顔を見合わせた。

「ええと、どういうお料理があるんですか？」

「普通に生姜とニンニクとお醤油で召し上がっていただいても、洋風にサラダ感覚で食べていただいても、美味しいですよ。お刺身は、よろしかったら味噌《みそ》ダレに漬けて、シメに漬け丼は如何《いかが》でしょう。途中で熱い出汁《だし》をかけて、出汁茶漬けにも出来ますよ」

説明を聞くうちに、三人とも我知らず生唾《なまつば》が湧いてきた。

「あの、タタキを普通のお刺身と、カルパッチョ風と、両方にしてもらえませんか？」

佳奈は確認を取るように哲二と至の顔を見た。二人とも否《いな》やはなかった。

「それでは、少しお待ちください」

秋穂はまず、刺身用のカツオを切り、ニンニク風味の味噌ダレに漬けた。三十分漬ければ充分に味が染みる。

次はカツオのタタキを切って皿に並べ、おろし生姜とおろしニンニクの薬味を添えて出した。

「やっぱり、戻りガツオは脂がのってるわ」

一箸つまんだ佳奈が嬉しそうな声を上げた。

「カツオは初ガツオより戻りガツオだよね」

至も嬉しそうに頷いた。

ま、若いからしょうがないか。初ガツオの美味しさが分かるのは、もうちょっと先ね。

心の中で独りごちながら、秋穂はカルパッチョに取り掛かった。

玉ネギをスライスして水に晒し、絞ってから皿に敷く。その上にカツオのタタキを並べ、オリーブオイル、レモン汁、塩、黒胡椒《くろこしょう》を振りかけて、最後に小房に切ったパセリを散らす。これも醤油味とは違う美味しさが楽しめる。

「カルパッチョ、いける」

至が一箸食べて、ホッピーを飲み干した。

「女将さん、日本酒ください。冷やでいいです」

「私も」

「僕、チューハイお願いします」

最後に哲二が言った。

「カルパッチョって、日本だと魚介じゃない。でもイタリアでカルパッチョ発明した人は、生牛肉で作ったんだって」

佳奈がカツオと玉ネギを箸で挟《はさ》んで言った。

「それ、いつ頃の話?」

佳奈はショルダーバッグからスマートフォンを取り出し、検索を始めた。秋穂は横目でそれを見ながら「またあの四角い板が出てきた。あれはいったい何なの?」と心の中で言った。

佳奈は出てきたネットのニュース記事を読み上げた。

「一九五〇年代。もともとは新鮮な牛の生肉の赤身の薄切りに、ごく薄切りのチーズ、パルミジャーノ・レッジャーノをかけたものであった……」

元祖とされるベネチアのレストラン「ハリーズ・バー」創業者のジュゼッペ・チプリアーニ氏によると、起源は一九五〇年。食事制限で「加熱した肉料理は食べられない」

と常連客の婦人が話すのを聞き、提供したのが始まりだ。皿に盛られた配色が、十五世紀末から十六世紀初頭に活躍したベネチア出身の画家、ビットーレ・カルパッチョの作品の鮮やかな赤と白の色使いに似ていたのが命名の由来という。

「日本ではもともと刺身の文化があったんで、肉を魚介に変えて調理したんだって。最初にやったのは『ラ・ベットラ』の落合《おちあい》シェフらしい」

佳奈はスマートフォンをしまって、再び箸を取った。

「でも、加熱した肉料理は食べられないって、どういうこと？」

それを訊かれても、男二人は見当もつかない。佳奈は答えを求めて、カウンターの中の秋穂を見た。

「油を使った加熱ってことでしょうか。焼き鳥みたいに炭焼きにしたり、しゃぶしゃぶにすれば、余分な脂が落ちてカロリーは少なくなると思うんですけどねえ」

秋穂は答えながら「ラ・ベットラ？　落合シェフ？　聞いたことないわ。有名な人なの？」と訝っていた。

佳奈は二合徳利《どっくり》を取り、手酌で猪口《ちょこ》に注いだ。

「先生、タイムカプセルに何を入れたか、覚えてらっしゃいます？」

すると哲二はまたしてもピクリと眉を動かした。

「いや。何しろ子供の頃だし、忘れたよ」

哲二はどうもこの場を楽しんではいないようだった。佳奈と至の会話に適当に相槌《あいづち》を打つばかりで、積極的に会話に参加しない。

最初店に入ってきたときはもう少し元気があったのに、どうしたのだろう。秋穂は気になったが、余計なことは訊けなかった。

カルパッチョの皿が空になると、哲二は財布から一万円札と五千円札を抜いてカウンターに置いた。

「悪い。明日の準備があるから、先に帰る。君たちはゆっくりしてください」

哲二が立ち上がると、佳奈と至もあわてて椅子から腰を浮かせた。

「先生、これは結構です」

「誘ったのは僕たちですから」

しかし、哲二は首を振り、片手を立てて拝む真似《まね》をした。

「いや、本当に楽しかったよ。ありがとう。ただ、明日のことを考えたら心配になってきて、落ち着かないんだ」

哲二は秋穂に向かって頭を下げた。

「どうもごちそうさまでした。すごく美味しかったです。明日のことがなければもっとゆっくりしたかったんですけど、すみません」

「いいえ。こちらこそありがとうございました。またお近くにいらしたら、お立ち寄りくださいね」

秋穂も佳奈も至も、店を出てゆく哲二を最敬礼で見送った。

「やっぱり、忙しいのよ」

佳奈は再び腰を下ろし、猪口を傾けた。

「受賞後二か月でしょ。今が一番きついんじゃないかしら」

「それなのに、よく小学校の式典、断らないよね。義理堅いんだな。それに、母校に愛着もあるんだろう」

至も手酌で酒を注ぎ、皿に残ったよだれナスを箸でつまんだ。

「でも、その割にタイムカプセルの中身を覚えていないなんて、ちょっと変じゃない。先生、小学校でもタイムカプセルのことばっかり訊いてたのに」

至は何かを思い出そうとするように、眉間《みけん》に皺《しわ》を寄せた。

「先生はたしか、小学校を卒業する頃、お父さんを亡くしてるんだよ」

「まあ」

「病名は知らないけど、急死だったらしい。それからお母さんの実家のある埼玉に引っ越して……。子供心に、あんまりいろんなことがあって、記憶が一部欠落してるんじゃないかな」

「あり得るわね。可哀想《かわいそう》に」

秋穂は二人の話を聞きながら、シメの料理に取り掛かった。

味噌、みりん、日本酒、砂糖、すりおろしニンニクを鍋に入れて火にかけ、ニンニクの利《き》いた味噌ダレを作る。それに戻りガツオの刺身を漬けて、味を染み込ませる。

大きめの器にご飯を平らに盛り、上に大葉を敷き、味噌ダレの染みた刺身を並べたら、薬味のおろし生姜を添え、小ネギを散らす。

こってりと脂の乗った戻りガツオには、生姜・ニンニク・ネギの薬味が合う。ニンニクの利いた濃厚な味噌ダレは、旨味とパンチをプラスして、ご飯が進むこと間違いない。

秋穂は一味唐辛子《とうがらし》の瓶《びん》をカウンターに置いた。

「お好みで、どうぞ」

そして大きめの急須《きゅうす》に白出汁を入れ、熱湯で薄めた。

「こちらは最後に、お茶漬けでどうぞ」

白出汁をかけると、濃厚だった味噌ダレがあっさり風味に変わる。そして熱湯で霜降りになった漬けのカツオは、新しい味と食感を楽しませてくれる。

「ああ、余は満足じゃ～」

佳奈は箸を置き、大げさに腹を叩いた。

「ホント、新小岩に来たら米屋はマストだよね」

至も満足そうに頬を緩《ゆる》めた。

「お二人、もしよかったらデザートを召し上がる？」

二人は同時に答えた。

「ください！」

秋穂は冷蔵庫からイチジクのコンポートの容器を取り出した。御勧め品のイチジクが安いブランデーで煮て冷やすだけで、これが非常に上品で洒落《しゃれ》たデザートに変身する。

「バカうま！」

「ミシュランの星！」

二人は一匙《ひとさじ》口に運んで、目を丸くした。

「赤ワインで煮てもいいんですけど、ブランデーの方が香りが良いから」

「ブランデー、贅沢《ぜいたく》ですね」

「一本千円以下の安いのも売ってます。それでいいんですよ」

イチジクの甘さがブランデーと好い具合にシンクロして、絶妙な味加減になる。

「だからなるべく御勧め品で、腐る直前が良いんです。甘味が強くなりますから。それに作り置きもできるから、うちにはピッタリ」

「いいこと聞いちゃった。私もやってみよう」

「イチジクは十月まで売ってますから、御勧め品を見つけた時に」

そして付け加えた。

「バニラアイスを添えると、華やかなデザートになりますよ」

「本命を呼んでご馳走する時に使うわ。それまでは自分へのご褒美《ほうび》」

至はクスリと笑いをかみ殺した。これまで佳奈が「自分へのご褒美」と言って、高いチョコレートや洋菓子を買うのを、何度も見ていたからだ。

「じゃあ、どうもごちそうさまでした」

「ありがとうございました。平先生によろしく仰《おつしや》ってください」

佳奈と至は席を立ち、米屋を後にした。

すると入れ替わるようにして、悉皆《しつかい》屋の沓掛音二郎《くつかけおとじろう》と美容院「リズ」の井筒巻《いづつまき》が入ってきた。

「珍しく、若いカップルのお客さんだね」

巻がガラス戸を振り返って言った。

「出版関係の仕事の方で、前にも来てくださったことがあるのよ」

秋穂はおしぼりを差し出して答えた。

「今日も半分は仕事ね。作家さんを案内していらしたの」

「新小岩くんだりまで？　物好きな作家もいるもんだ」

音二郎はおしぼりで顔を拭《ふ》きながら言った。

「その作家の方、西新小岩の小学校の卒業生で、創立百周年の式典に招かれてるんですって。昔埋めたタイムカプセルを掘り返して、中身を卒業生に返還するイベントがあるらしいの。その取材らしいわ」

秋穂は巻のぬる燗《かん》と、音二郎のホッピーを準備した。

「百周年？　西新小岩の小学校っつったらあそこだろ。出来てからまだ七十年ちょいじゃねえか？」

「分教場《ぶんきようじよう》の頃から数えたら、百年は経ってるよ。それも足したんじゃないのかい」

「ああ、そうか」

二人はそれきり話題を切り替え、昔話に花を咲かせ始めた。

時刻はそろそろ深夜十二時になろうとしている。平哲二は蛍光式の腕時計で時間を確認すると、深夜の学校の通用門を乗り越えた。

米屋を出てからサウナに入り、時間をつぶした。そして駅のコインロッカーに預けたリュックを受け出した。中には今夜の作業に必要なものを入れてある。いよいよ時は来たのだ。

今日、学校を訪問した時、式典の取材にことよせて、警備状況もしっかり聞き出した。今、警備員は巡回を終えたばかりで、次の巡回まで三時間ある。それだけあれば充分だ。学校内の鍵がすべて旧式のシリンダー錠なのも確認した。泥棒に狙《ねら》われる施設ではないから、防犯意識はそれほど高くないだろうと予想していたが、案の定だった。

哲二は以前小説の取材で、専門家にピッキングの手ほどきを受けたことがある。筋が良いと褒《ほ》められたものだ。この錠ならさして苦労せずに解錠出来るだろう。

ピッキングとは「ピック」と「テンション」という道具を鍵穴に挿し込み、シリンダー錠を壊さずに不正に解錠する方法のことだ。哲二はネットで買った道具を取り出した。

警備員の待機室から一番遠い通用口の鍵を開け、構内に侵入した。タイムカプセルを保管してある部屋まで、足音を忍ばせて近づいた。部屋には鍵がかかっていたが、これもピッキングで簡単に開けることが出来た。

哲二はドアを閉めると、懐中電灯で部屋を照らした。

会議用の机を二つつなげた上に、錆びた十個の金属の箱が並んでいた。おそらく年代順だろうから、哲二の時代の箱は端に近い。錆《さび》の少ない順に調べていけば……。

ところがタイムカプセルにも鍵がかかっていた。しかも古風なダイヤル式南京錠《なんきんじょう》だった。見落としていた。これではピッキングが使えない！

哲二は焦って南京錠のダイヤルを回した。慎重に一つずつダイヤルをずらしていったが、当たりは出ない。組み合わせは膨大で、番号が一致するまでどれほど時間がかかるか、見当もつかない。次に警備員の巡回が始まる前に、目当てのタイムカプセルを開けられるだろうか？

哲二は焦った。焦ると指の動きがぎこちなくなり、番号を合わせるのにますます時間がかかった。額に汗が浮かび、流れて目に入った。

手の甲で目を拭《ぬぐ》った時、遠くで足音がした。

あわてて懐中電灯を消し、ドアを薄めに開いて廊下を覗《のぞ》くと、懐中電灯の光が目に入った。

しまった！　警備員が……！

哲二は一瞬考えたが、もう他に方法はなかった。窓を開け、素早く外に出ると窓を閉め、一目散《いちもくさん》に校庭を走って通用門を乗り越えた。

時計の針は十一時半を回った。今夜はもう、お客さんは来ないだろう。

秋穂は暖簾《のれん》を仕舞おうと、カウンターから出ようとした。その時、ガラス戸が開いてお客さんが入ってきた。

「あら、先生。お忘れ物ですか？」

夕方来店した小説家だった。

「……いや」

哲二は店の中を見回した。客は誰もいない。もう深夜三時のはずだが、女将は少しも迷惑そうな顔をしなかった。

「どうぞ、おかけください」

「遅くに、すみません」

哲二は女将の言葉に甘えてカウンターの椅子に腰を下ろした。正直、体中から力が抜けて、立っていると倒れそうだった。

「先生、お顔の色が悪いですよ。大丈夫ですか？」

秋穂はおしぼりと、麦茶のコップを出した。

哲二は麦茶を飲み干し、おしぼりで汗に汚れた顔を拭いた。すると、押さえようもなく涙があふれだした。哲二はおしぼりで顔を覆って嗚咽した。

秋穂は突然泣き崩れた小説家を前に、なすすべもなかった。ほとんど見も知らぬ人間の前で泣き出してしまったのだから、よほど辛《つら》い思いをしたのだろう。それについては、秋穂に出来ることは何もない。ただ……。

哲二がやっと嗚咽を収め、おしぼりで洟《はな》をかんで顔を上げると、秋穂は何事もなかったように微笑みかけた。

「ちょっと珍しいものを作ったんですけど、如何ですか?」

目の前に出された皿には、一口大に切った黄桃とクリームチーズが載っていた。

「お客さんに教えてもらったんです。ススカイっていう、カリブ海のデザートですって」

「ススカイ?」

初めて聞く名前だった。

「本場ではマンゴーをライムと唐辛子で和えて作るんだそうですけど、黄桃の缶詰でアレンジしてみました。シェリーに合わせるらしいんですけど、うちにはないから、日本酒で如何ですか」

「……いただきます」

秋穂は冷やで黄桜《きざくら》を一合出した。

哲二は黄桃とクリームチーズをスプーンですくい、口に入れた。黄桃には唐辛子とニンニクの刺激があった。クリームチーズと合わせると刺激が和《やわ》らぎ、黄桃の甘味と豊潤なチーズの旨味が口に広がって、日本酒で追いかけると止まらなくなりそうだった。

「ああ、美味しい。こういうの、初めて食べます」

ススカイと黄桜の追いかけっこで、徳利は空になってしまった。

「すみません、もう一本」

「はい」

「こんな遅くに押しかけてきて、ご迷惑ですよね。すみません」

秋穂はもう一度微笑んだ。

「うちは一人で気楽にやってる店ですから、気にしないでください。一応閉店時間はありますけど、お客さん次第で早仕舞いすることもあれば、朝方まで開けてることもありますからね」

哲二は小さく頭を下げ、お代わりした酒を猪口に注いだ。猪口を干すと、ふと胃の辺りが気になった。

腹が、減った……。

佳奈と至をまくため、早めに店を出たので、シメの漬け丼を食べなかった。あれから飲まず食わずで時間が経ち、走ったりしたので、すっかり腹が減っていた。

「あのう、女将さん、漬け丼、ありますか？」

「はい、ありますよ」

「ご飯大盛でお願いできますか？」

「はい。お待ちください」

秋穂はどんぶりにご飯を盛り、大葉と味噌ダレに漬けたカツオを載せ、刻みネギを散らしておろし生姜を飾った。

「はい、どうぞ。お出汁は今、あっためてますからね」

哲二はどんぶりを受け取ると、ものも言わずに食べ始めた。美味い。「空腹は最高のソース」という格言を割り引いても、充分に美味い。

途中で女将が熱々の白出汁を出してくれた。それをかけると、味噌ダレの味が柔らかく変化し、カツオが半煮えになって、新しい味と食感が生まれた。

哲二は白出汁の最後の一滴まで飲み干して、どんぶりを置いた。

「ああ、美味かった。ごちそうさまでした」

秋穂は食後にほうじ茶を淹《い》れた。

「明日は大役《たいやく》ですね。来賓挨拶、どうぞ頑張ってください」

すると、哲二は急に顔を曇らせた。

「明日は……行きません」

怪訝《けげん》な顔をする秋穂に、哲二は続けて言った。

「急病だと言って、欠席します。出たくないんです」

「どうしてですか」という質問を、秋穂は飲み込んだ。

「何か事情がおありなんですね」

哲二は目を伏せて頷いた。

「怖いんです、タイムカプセルを開ける現場に立ち会うのが」

「そのタイムカプセルの中に、先生にとって恐ろしい物が入っているんですか？」

哲二は一度ごくんと唾《つば》を呑んだ。

「毒です……母が父を殺した」

あまりにも衝撃的な告白に、秋穂は言葉を失った。

「父は母に毒殺されたんです。僕が小学校を卒業した年に……」

秋穂は必死に心を落ち着けて、哲二に尋ねた。

「どうして先生はそれをご存じなんですか？」

「見たんです。母が父のコーヒーに毒を入れるところを」

「あのう、それは本当に毒だったんですか？」

哲二は苦悩に顔をゆがめて頷いた。

「コーヒーを飲んだ直後、父は急に苦しみ出して、救急車で病院に運ばれる途中で亡くなりました。だから間違いありません。母は父を……自分の夫を毒殺したんです」

哲二の父の平哲彦《てつひこ》は税理士で、父親の事務所を引き継いで経営していた。お客さんは近所の商店主など、父親の代からの付き合いがある人がほとんどだった。

母の藍子《あいこ》は薬剤師で、近所の薬局に勤めていた。そこも古くからある薬局だったが、哲二が小学校五年の時主人が急死して、息子が跡を継ぐことになった。もちろん息子も薬剤師の資格を持っていたが、経営には不慣れで、藍子に頼ることも多かったらしい。

「母の勤めていた佐藤《さとう》薬局も、昔から父の事務所の顧客でした。それで、いわば家族ぐるみの付き合いで、薬局を継いだ真也《しんや》さんも一緒に、四人で食事したりすることもありました」

子供の目から見ても、真也はかっこよかった。背が高くてスマートでハンサムで、着るものの趣味も良かった。ちょっと頼りない感じがしたが、いつか母が「母性本能をくすぐる」と言っていたので、女の人にはそんなところも魅力なのかと、哲二は思ったのだった。

一方父は肥満気味で、汗かきで服装にも気を使わなかった。二人を比べるとどうしても真也に軍配が上がった。もっとも当時父は四十半ばで、真也はまだ三十二、三だったから、比べるのは可哀想ではあったが。

佐藤薬局は学校から家に帰る通り道にあったので、哲二は薬局に寄って母とおしゃべりすることも多かった。

六年生の終業式の日、哲二がいつもより早めに佐藤薬局を訪ねると、もう一人の薬剤師は不在で、母と真也は調剤室にいた。声をかけようと近寄ったが、二人は入り口に背を向け、何やら熱心に話し込んでいた。

「……大丈夫かしら」

「大丈夫。ちゃんとデータが出てるんだ。……にも全く影響が出ない」

「それじゃ、分からないわね」

「本人も気が付かないと思う」

そう言って真也は、母に茶色い薬瓶を手渡した。

哲二は何故《なぜ》か見てはいけないものを見てしまったような気がしてその場を離れ、黙って家に帰った。

「……その日の夜でした」

夕食後、父はリビングでテレビを見ていた。

母はキッチンに行ってコーヒーの支度をした。ちなみに平家では夜コーヒーを飲むのは父の哲彦だけだった。

そろそろ母がコーヒーを淹れ終わる頃、哲二は何げなくキッチンを覗いた。すると、母は戸棚から茶色い瓶を出した。哲二には、昼間、真也が母に渡したのと同じ瓶に見えた。母は瓶の蓋《ふた》を開け、その中の粉末をスプーンですくって、父のマグカップに入れた。入れたのが二杯だったこと、粉末が薄茶色だったことを、今も哲二ははっきりと覚えている。

「お砂糖二杯、入れといたわ」

母はキッチンからカップを持って現れ、父に渡した。

「サンキュ」

父はカップを受け取り、テレビを観ながらコーヒーを啜った。

飲み終わってカップをテーブルに置いた瞬間、父は急に胸を押さえて苦しみ出した。

「あなた！　あなた！」

母は父に走り寄り、身体をゆすったが、すぐに立ち上がって電話に飛びつき、救急車を呼んだ。

駆けつけた救急隊員とともに救急車に同乗する前、母は哲二に言った。

「お母さんはすぐには帰れないから、佐藤さんの家で待ってて」

その時哲二は、母は真也と共謀して父を殺したのだと確信した。

「次に考えたのは、もし警察にそれがばれて、母が逮捕されたらどうしようという事でした。両親の間に何があったにせよ、僕にとっては父も母も親なんです。逮捕されるなんて、耐えられなかった」

哲二はその頃からミステリー小説が好きで、早熟でもあった。すぐに思い浮かんだのは『おとなしい凶器』という名作短編だった。

そうだ、証拠さえ見つからなければ、逮捕されない。

哲二は戸棚から茶色いガラス瓶を取ると、学校に向かって駆けだした。

哲二はタイムカプセルに私物を入れるメンバーに選ばれていた。今日の終業式でメンバーはそれぞれ私物を収め、明日の卒業式の後、みんなで校庭に埋める予定だった。

学校に着くと、哲二は警備員に訴えた。

「タイムカプセルに収める品物を取り替えたいんです。本当はこれを入れたかったんだけど、見つからなくて。でも、探したらやっと見つかりました。こっちと取り替えさせてください。お願いです」

人の好い警備員は、目に涙を浮かべて訴える哲二の頼みを断ることが出来なかった。大人には他愛のないことでも、子供には一生の問題なのだろうと善意に解釈して、タイムカプセルの中身を交換してくれた。

ああ、これで母は助かった。

哲二は大任を果たして、気が抜けそうになったが、親切な警備員に何度も礼を言って、学校を後にした。

「その夜、父は搬送先の病院で亡くなりました。正確には、救急車の中ですでに絶命していたそうです。母は心筋梗塞《しんきんこうそく》だと言っていました」

哲二はほうじ茶を飲み干して、湯呑みを置いた。秋穂はほうじ茶を注ぎ足した。

「それから、お母様は？」

「実家のある埼玉に帰って、祖父の薬局を継ぎました。僕もそこで育ちました」

「ご再婚は？」

哲二は首を振った。

「それじゃあ、二人で計画してお父様を殺した甲斐《かい》がないんじゃありませんか」

「普通なら二人は再婚するでしょう。でも、共謀して罪を犯してしまったからこそ、互いに幻滅したか、恐怖を感じたかで、関係が壊れてしまうことだってあり得ます。お互い、一番醜い面を見せ合ったわけですから」

秋穂は溜息を吐《つ》いた。

「ただ、今は化学も発達してますから、もし毒物を使ったとしたら、病院でそれが分かると思うんですけど」

哲二は皮肉に笑った。

「母と真也は薬剤師なんですよ。検視で反応が出ない毒薬だって、手に入れることが出来たはずです」

秋穂は心の中で「それを言っちゃあお終《しま》いだよ」と呟《つぶや》いた。

「お母様に直接、確かめたことはないんですか？」

「まさか！」

哲二は憤然《ふんぜん》として答えた。

「同じ屋根の下で、殺人犯と暮らす気持ちが分かりますか？　しかも犯人が自分の母親で、被害者は父親なんですよ。真相が曖昧模糊《もこ》としているから耐えられるんで、白日《はくじつ》の下《もと》にさらされてしまったら、僕は到底耐えられない」

「今もご一緒にお住まいなんですか？」

「いいえ。大学はあえて地方の国立大を選びました。卒業してからは地元企業に就職して、大きな文学賞を受賞して小説で食べられるようになって退職しました。今は東京のマンションで一人で暮らしています」

「それじゃあ、高校を卒業なさってから、ほとんどお母様とは接触がないんですね」

「顔を合わせるのは、親父の法要だけです」

秋穂は背筋を伸ばして、まっすぐに哲二を見た。

「今すぐお母様に電話して、薬局の若主人にもらった粉は何だったのか、訊いてください」

思いもかけぬことを言われて、哲二は少したじろいだ。

「どうせお母様と別居してるんだから、真相が明らかになったってかまわないでしょう。いいえ、むしろ、今まで曖昧にごまかしてきたから、あなたは苦しんでるんですよ」

「いいえ、僕は、別に……」

「さっき、大泣きしたじゃないですか。今、すっきりさせないと、これからも同じことを繰り返しますよ。いいえ、もっと大泣きしますよ」

哲二はなぜかこの女将に逆らえなかった。命じられたままスマートフォンを取り出し、実家の番号をタップした。

この時間では寝ているだろうと思ったが、どういうわけか、時間の表示は十一時三十分になっていた。

「哲二」

スマートフォンの表示を見たのか、母は驚いた声を出した。

「お母さん、お父さんが亡くなった日、真也さんからもらった茶色い瓶、覚えてる？」

ほんの少し間があってから返事があった。

「……そうだったわね」

「あの中に、何が入ってたの？」

「〇〇よ」

「何、それ？」

「漢方の甘味料。自然な甘味で、カロリーゼロで血糖値も上がらない優れものなのよ。おまけに甘さも砂糖によく似ててね。お父さん、お医者さんからダイエットしなさいって言われてたんだけど、甘いもの好きでしょ。人工甘味料は口に合わないって嫌がるし。そしたら真也さんが、あちこち探して見つけてくれたの。これならお父さんに合うんじゃないかって。試しにこっそり使ってみて、大丈夫だったら、砂糖を全部それに切り替えれば……」

哲二は呆然《ぼうぜん》として、目の前が真っ白になった。視界をふさいだのは雲ではなく、盛り上がった涙の粒だった。

「……お母さん」

哲二は喉《のど》が詰まりそうだったが、やっとのことで声を絞り出した。

「どうして再婚しなかったの？」

藍子は小さく苦笑を漏らしてから、それまでより若々しく張りのある声で答えた。

「だって、お父さんと暮らして、すごく幸せだったんだもの。他のだれと再婚しても、あれより幸せになれるはずないから」


つい三日前に行ったばかりの店なのに、どうして見つからないのだろう。

ルミエール商店街の中ほどを右に曲がり、最初の角を左に折れれば、路地沿いに軒を連ねる古い店の中に、米屋があるはずなのに。

小学校の式典が終わると、その足で埼玉の母の家に向かった。母には行くことを伝えてあったから、大歓迎してくれた。失われた時を取り戻すかのように、哲二は心から母に甘えた。

そして恐る恐る訊いてみた。

「お父さんが亡くなった後、俺、よそよそしくなったでしょう」

するとこ母は、何の屈託も感じさせない口調で答えた。

「反抗期だと思ってたわ。それに男の子だと、母親に相談してもしょうがないことも多いしね」

どうしてももう一度米屋の女将さんに会いたかった。母と息子の絆《きずな》を修復し、自分の心に巣くっていた女性不信の念を追い払ってくれた恩人なのだ。ひと目会って、お礼を言いたい。

それなのに、目の前にあるのは「とり松」という焼き鳥屋と、昭和レトロなスナック「優子」で、その二軒に挟まれてしょんぼり赤提灯《あかちょうちん》を下げていた米屋は影も形もない。「さくら整骨院」というシャッターを下ろした治療院があるばかりだ。

哲二は思い切ってとり松の引き戸を開けた。

中はカウンターとテーブル二席の狭い店で、カウンターの中では七十代後半の主人が団扇《うちわ》を使いながら串を焼き、同年代の女将がホッピーセットの用意をしていた。

カウンターには四人の客がいて、背中の感じで老人だと分かる。女性が一人、男性が三人。

「あのう、すみません、この近くに米屋という居酒屋はありませんか？」

声をかけると、カウンターの客が一斉《いっせい》に振り向いた。

「つい三日前に行ったばかりなんですが、なくなっていて」

四人の老人は互いの顔を見合わせ、まず最年長の沓掛直太朗《なおたろう》が口を開いた。

「米屋はもうありません。女将の秋ちゃんが急死して、閉店しました」

衝撃で言葉を失った哲二に、井筒小巻《こまき》が先を続けた。

「平成に入って二〜三年の頃だから、もう三十年以上になるかしら。跡継ぎがいなかったんで店は人手に渡って、今の整骨院で五代目くらいね」

山羊《やぎ》のような顎髭《あごひげ》を生《は》やした谷岡資《たすく》が後に続いた。

「ところが不思議なもんで、最近米屋で秋ちゃんと会ったって人が何人も出てきてね。もう一度訪ねようとしても見つからないというんで、ここへ訊きに来るんだよ」

ポケットの沢山ついた釣り師のベストを着た水ノ江《みずのえ》太蔵《たいぞう》が、締めくくった。

「お客さん、もしあなたも米屋で秋ちゃんと会って、少し気持ちが晴れたんなら、たまには秋ちゃんのこと、思い出してあげてくださいよ。あの人は子供がなかったから、俺たちが死んじまったら、誰も思い出してくれる人がいなくなる」

哲二はよろめく身体をテーブルで支えて、背筋を伸ばして老人たちと向き合った。

「……ありがとうございました。必ず、お言葉通りにします」

井筒小巻が笑顔で言った。

「亡くなった人には、思い出してあげるのが一番の供養《くよう》だからね」

哲二は深々と頭を下げ、とり松を出た。

空を見上げると、細い路地の上にも星空が広がっていた。

哲二は心に言い聞かせた。

そうだ。米屋のことは誰にも言わずにいよう。自分のような人が迷い込んで、また助けてもらえるように。

哲二は夜空に向かって語り掛けた。

女将さん、ありがとうございました。これから精一杯、母を大事にします。少し遅れてしまったけど、でも手遅れにならないで良かった。女将さんのお陰です。

それと、そっちでうちの親父に会ったら、美味いものを食わせてやってください。食いしん坊なんです。よろしくお願いします。

第五話

カボチャの心

知らない場所に行くのは本当に困る。地図を片手に住宅街を歩きながら、秋穂《あきほ》は嘆息した。

東京の街は銀座《ぎんざ》以外、番地通りに出来ていない。一丁目、二丁目、三丁目とやってきて、急に七丁目になったりする。特に西部がひどい。一度友人と恩師の自宅を訪ねて千《ち》歳烏山《とせからすやま》に行った時は、迷路のような街並みに往生した。恩師は「空襲を受けなかったので、昔の街並みがそのまま残っているからだ」と言っていた……。

ふと見れば前方に酒屋があった。きっと酒類の配達で近所の地理に詳しいだろう。

「ごめんください」

店先で声をかけると、奥から中年の女性が出てきた。

「すみません。ちょっと道を伺《うかが》いたいんですけど」

秋穂が地図を見せて教えを乞《こ》うと、酒屋の女性は親切に道を教えてくれた。

「この先を右に曲がって百メートルくらい先に、ダイハツミゼットが置いてある家があるから、そこの路地を入った突き当たりですよ」

「ありがとうございました」

秋穂は教えられた通りに進んで、件《くだん》の家の前に行きついた。

「ごめんください」

ドアチャイムを鳴らすと、出てきたのは不機嫌な顔をした初老の男性だった。

「なんだい？」

いかにも迷惑そうな顔と声だった。

「あのう、この度は……」

秋穂はそこで愕然《がくぜん》とした。自分が何のためにこの家を訪れたのか、その理由がすっぽり頭から抜け落ちているのだ。

「あ、あのう……」

男性はますます不機嫌になった。

「なんだい？　早く用件を言ってよ。こっちは忙しいんだから」

「す、すみません。あのう、そのう……」

男性の不機嫌は怒りに転化した。

「あのそのごっこに付き合ってる暇はないんだ！　こっちは忙しいんだよ！」

目の前でぴしゃりとドアが閉まった。

どうしよう……。

秋穂は途方に暮れて、玄関の前に立ち尽くした。

そこでハッと目が覚めた。

顔を上げて周囲を見回せば、慣れ親しんだ我が家の茶の間だった。昼ごはんの後でくつろいでいたら、いつの間にかちゃぶ台に突っ伏してうたた寝をしていたらしい。

秋穂は大きく伸びをしてから立ち上がり、部屋の奥の仏壇の前に座った。いつものように蠟燭《ろうそく》を灯《とも》し、線香に火を移して香炉《こうろ》に立てると、おりんを鳴らした。それから両手を合わせ、目を閉じた。

あなた、ちょっと嫌な夢見ちゃった。すごく感じの悪い爺さんの夢。ああいうお客が来ませんように……ま、うちはご常連さんしか来ないから、安心だけどね。

目を開けて合掌を解くと、正美《まさよし》は写真立ての中で、いつものように微笑《ほほえ》んでいた。大物を釣り上げた直後のスナップなので、とてもいい笑顔だ。

それじゃ、行ってきます。

心の中で言って仏壇を離れ、秋穂は一階の店に続く階段を下りた。

東京都葛飾区《かつしか》の一番南に位置する新小岩《しんこいわ》地区。ＪＲ新小岩駅には中央線直通の総武線と、東京・品川《しながわ》・横浜《よこはま》の各駅直通の総武線快速が停車する。

高度経済成長時代、葛飾区には大同《だいどう》製鋼を始め大工場がいくつもあったが、昭和が終わるまでに郊外に移転していった。従業員十人未満の小規模工場も平成時代に徐々に減少し、アパート・マンションなどに建て替わったものも多い。

今の新小岩は都心へ働きに行く人たちの住宅地、つまりベッドタウンになりつつある。簡単に言えば昼間より夜間の人口が多い地域だ。都心へのアクセスが良く、比較的家賃が安く、買い物に便利で公園や公共施設も充実しているとなれば、若い夫婦に「子育てのしやすい街」として人気があるのも頷《うなず》ける。

そんな新小岩の「暮らしやすさ」に大きく貢献しているのが、駅南口のルミエール商店街だろう。全長四百二十メートルのアーケード商店街が完成したのは昭和三十四（一九五九）年。それ以来、百四十軒ほどの店が、いつも元気に営業している。

完成当時から営業を続けている店は第一書林《だいいちしょりん》、魚次《うおじ》三《さ》など数えるほどだが、店は移り変わっても盛況ぶりは健在で、シャッターを閉めたままの店はほぼ一軒もない。閉店するとすぐ次のテナントで埋まる。シャッター街と化す商店街が増える中、それだけでも立派なものだ。

二〇三二年にはお隣に商業施設を有するタワマンが竣工予定だが、時代の波に洗われても決して呑み込まれなかったルミエール商店街は、お隣とも手を携えて、共に発展してゆくに違いない。

そんなルミエール商店街を一本裏に入った路地の一隅に、「米屋《よねや》」はある。その路地に並んだ古臭い店と同じく、ひっそりと目立たない小さな居酒屋だ。素人《しろうと》の女将《おかみ》がワンオペで営む店だから、大したご馳走《ちそう》は期待できない。それでもありがたいご常連さんに支えられ、かれこれ二十年以上店を続けている。

最近は女将も少し腕を上げたのか、古い小さな居酒屋には似合わない、セレブや有名人のお客さんもちらほら訪れるという。

もしかして、今夜あたりも……。

開店十分前の米屋に、志方優子《しかたゆうこ》が入ってきた。

「いらっしゃい」

優子はスナック「優子」のオーナーママで、開店前に米屋で夕食を食べることが多い。店では乾き物しか出さないので、軽いつまみやおにぎり、お茶漬けなどを出前で取ってくれる。だからお客さんでもあり、半分仕事仲間のようでもある。

「十月になると涼しくなるわね」

差し出されたおしぼりで手を拭《ふ》きながら言う。

米田《よねだ》秋穂はほうじ茶とエノキの和風ナムル、海苔《のり》マヨキャベツを出した。優子は下戸《げこ》で酒を飲まないので、お通し代わりに小鉢《こばち》を出す。

「これ、変わった組み合わせだけど、意外と美味《おい》しいね」

早速、海苔マヨキャベツをつまんで言った。ちぎったキャベツと焼き海苔を、ポン酢とマヨネーズで和《あ》えただけだが、意外と箸《はし》が進む一品だ。

「実は海苔って、旨味の塊《かたまり》なのよ。だから海苔が入ると味がグレードアップするの」

「へえ」

昆布のグルタミン酸、鰹節《かつおぶし》のイノシン酸、椎茸《しいたけ》のグアニル酸、この三つの旨味成分をすべて備えている自然食品は、海苔だけといわれている。

「今日は海苔マヨキャベツと、エノキのナムル、もらうわ」

電話で出前を注文する、という意味だ。優子の店の客はすでに食事を済ませてから来るので、重いものは食べられない。

「秋刀魚《さんま》入ったけど、どうする？」

「もらう。大根おろしたっぷりでお願い」

「今日はカブの味噌汁《みそしる》も作ったのよ」

「カブ、大好き」

秋穂は丸々と太った秋刀魚に塩を振りかけた。十分から十五分ほど置いて、水気が出てきたらキッチンペーパーで拭き取って焼く。こうすると水分と一緒に臭みが出て、表面がカリッと、中はふっくらと焼き上がる。

秋穂はおしのぎにもう一品小鉢を出した。カボチャの煮物だ。平凡だがそこが良い。

「あたし、カボチャの煮物って、おかずっていうよりお菓子の感じ。サツマイモの煮物もそう。あの甘さがお茶請《ちゃう》けなのよね」

カボチャの煮物を口に運んで、優子が言った。

「私もそう。あと、でんぶとか、伊達巻《だてまき》とか。どうも甘いものって、おかずよりお菓子の感じ」

「だから初めてパンプキンパイを食べた時も、違和感なかったわ。友達は『醬油《しょうゆ》で煮るものがケーキになった！』って、すごい衝撃だったらしいけど」

「私もパンプキンパイ、最初から好き。それとスイートポテトも」

「サツマイモって、原点は焼き芋《いも》だもんね」

秋穂はおしゃべりを続けながら、秋刀魚からしみ出した水分をキッチンペーパーで拭き取り、魚焼きのグリルに載せた。ガスを点火して換気扇を回した。

「この前料理の本に『秋刀魚といえば七輪《しちりん》のイメージがあるけど、本当は七輪で魚を焼くのは大変で、すぐに皮が焦げて中まで火が通りにくい。魚焼きのグリルの方がずっと美味しく焼ける』って書いてあったの。何となく、納得できないのよね。子供の頃、家の外に七輪出して秋刀魚焼いてた記憶が鮮烈で」

優子はカボチャを頬張《ほおば》って頷いた。

「分かる。七輪で焼くと盛大に炎が上がって、美味しそうだったもんね」

そして、ふと気が付いたようにカボチャを見直した。

「ねえ、ハロウィンって、日本でもあるの？」

「……映画はヒットしたけど」

一九七八年公開のジョン・カーペンター監督『ハロウィン』はわずか三十万ドルで制作されたが、全世界で七千万ドルの大ヒットを記録し、続編が何本も作られている。

「高校の英語の教科書に『万聖節前夜祭《ばんせいせつ》』って出てきたけど、未だにどういう祭りか、全然理解できないのよね。それだけ日本とは縁がないってことじゃないの」

秋穂はガスの火を調節しながら訊《き》いた。

「ハロウィンがどうかした？」

「お客さんに小物もらったの。去年、お孫さんと原宿《はらじゅく》のキデイランドに行ったら、通りで外人が仮装してパレードしてたんだって。見物してる人に何のお祭りですかって訊いたら『ハロウィン』って言われたんだって」

お客さんが続けて「恐怖映画ですか？」と尋ねると、見物人は困った顔で黙ってしまったという。

「日曜、お孫さんをまたキデイランドに連れてったら、お祭り用の小物をいっぱい売ってたんで、私の分も買ってくれたって」

優子はバッグから、オレンジ色のカボチャの帽子をかぶったハローキティのキーホルダーを出して見せた。

「可愛《かわい》いけど、人前で出すのは勇気が要《い》るわね」

「ま、気は心よ」

キデイランドでは一九七〇年代からハロウィングッズを取り扱っており、一九八三年にはグッズ販売を促進するため、原宿店の前の表参道《おもてさんどう》で、一般人も参加できるハロウィンパレードを実施した。しかし、当時は日本人のハロウィンに対する認知度は低かったため、参加した人の多くは外国人だった。

ハロウィンが日本に浸透するきっかけは、一九九七（平成九）年から東京ディズニーランドで開催されるようになったハロウィンイベントだと言われている。

秋穂はじゅうじゅうと音を立てている秋刀魚を皿に移し、たっぷりの大根おろしと酢《す》橘《だち》を添えて、優子の前に置いた。ご飯は新米でピカピカで、味噌汁も今、味噌を溶いたばかりだ。

「ああ、これ、これ。秋は絶対秋刀魚よね」

優子は嬉《うれ》しそうに味噌汁を啜《すす》ってから、秋刀魚の身に箸を伸ばした。


優子が店を出るのと入れ違いに、沓掛音二郎《くつかけおとじろう》と井筒巻《いづつまき》が入ってきた。

「いらっしゃい」

秋穂はおしぼりとお通しのシジミの醬油漬《づ》けを出した。

「十月になると、おばさんは快調じゃない。暑からず寒からずで」

「まあね。ただ、店は暇になるからね」

「どうして？」

「涼しくなるからかねえ」

「涼しくなると、どうして美容院が暇になるの？」

秋穂は美容院というのは月一度、定期的に行くものだと思っていたので、意外な気がした。一月は成人式で忙しいだろうが……。

「ところが、美容院にも繁忙期と閑散期があるんだよ。忙しいのは三月、七月、十二月。暇なのはその前後の一月、二月、四月、十一月。十月はやや暇な時期になる」

「一月は成人式で忙しいんじゃないの？」

「成人式だけは忙しいけど、あとは暇だね」

「知らなかった」

「三月は年度末、七月はお盆前、十二月は年末で、髪をきちんとしようって思うんだろうね。普段、美容院に行かない人も行ったりする。それ以外の月は、何もないから美容院にも行かない」

「飲食店は昔から《二八《にっぱち》》って言われてるけど、美容院にも波があったなんて」

秋穂は音二郎にはホッピーセット、巻にはぬる燗《かん》を出した。

「お客の波ってのは、たいていの仕事にあるんじゃねえかな」

音二郎がジョッキにホッピーを注ぎながら言った。

「音さんの仕事が盛んだったときは、どうだった？」

巻が猪口《ちょこ》を傾けて訊いた。

「そうさなあ……。一月から四月までは暇だったかもしれねえ」

正月に晴れ着を着るために、前年からチェックしてメンテナンスに入るからだという。

「俺が店を構えた頃から、夏の着物は廃《すた》れ気味だったから、注文も少なかった。ま、結婚式やお宮参りの前に、駆け込みでくるお客さんもいたっけが」

秋穂は二人にエノキの和風ナムルと海苔マヨキャベツを出した。これでモツ煮込みを食べてくれれば、あとはシメのご飯もので、栄養面は充分だ。

「そういえばさ、最近、女子大生は卒業式に袴《はかま》をはくのが流行《はや》ってるんだよ」

「あ、そう言えば、私も見たわ」

初めて袴姿の若い女性を見たのは二〜三年前だが、今年の卒業式シーズンには、十人くらい見かけた気がする。

「女子大生の卒業式って言えば振袖《ふりそで》だったけど、変わってきたのかしら」

成人式で誂《あつら》えた振袖を着る機会は、大学の卒業式と友人の結婚式くらいなものだった。今でも正月のデパートには、売り場に一人くらい振袖姿の女店員が立っているが、それもいつまで続くやら。

「うちの美容院にも、袴の着付けの予約がいくつも入ったよ。みんなあわてて、袴の着付けをにわか勉強してたねえ」

「考えてみれば、卒業式には振袖より袴の方がふさわしいわよね。私の小学校の卒業式では、女の先生は和服で袴姿だったわ」

近年の卒業式に女性が袴をはくようになったきっかけは、一九八七年に公開された南《みなみ》野《の》陽子《ようこ》主演映画『はいからさんが通る』だ。人気絶頂のアイドルが袴姿で数多くテレビ出演したため、それを観た女性たちの間で「かっこいい」「私もやってみたい」という気運が盛り上がり、わずか数年で大学の卒業式での袴姿は定番となった。

最近は私服通学の小学校の卒業式でも、袴を着用して出席する女子生徒が増えている。

薬味のネギをたっぷり載せた煮込みを肴《さかな》に、音二郎は二杯目のホッピーを飲み干し、巻も二本目の徳利《とっくり》を空《から》にした。

いよいよシメだが、二人は昨日も秋刀魚の塩焼きを食べたので、二日続けて同じものを出すわけにはいかない。

「今日、サバの竜田揚《たったあ》げがあるけど」

秋穂が訊くと、二人とも「もらう」と答えた。

「俺は……チューハイ」

「あたしはお銚子《ちょうし》、もう一本」

二人ともアルコールのラストオーダーを告げた。

これには醤油味の鯖缶《さばかん》を使う。味付け不要で火も通っているから、片栗粉《かたくりこ》をまぶして高温の油に入れたら、中まで温めるという感覚で揚げれば良い。ほんの三十〜四十秒でカリッと揚がる。千切りキャベツをふわりと皿に盛り、立てかけるように竜田揚げを置くと、見た目も良い。

「はい、お待たせしました」

出来立てのカブの味噌汁と少なめによそったご飯で、定食セットにする。

「ああ、美味《うま》そうだ」

音二郎も巻も目を細めた。揚げたての香ばしさは格別で、箸が止まらなくなる。

二人が竜田揚げに箸を伸ばそうとした時、店の外で女性たちの甲高《かんだか》い声がして、ガラス戸が開いた。

「良かった、ホントにあった！」

「赤松《あかまつ》さんには悪いけど、異常にボロくない？」

「良いじゃない、新小岩っぽくて」

入ってきたのは三十代の女性三人だった。一人は三十代前半、あとの二人は四十近い。年下の女性はごく普通のスーツ姿だが、年長の二人は明らかに高級ブランドと分かるスーツをおしゃれに着こなし、二人ともイヤリングやブローチ、指輪を複数個光らせ、袖《そで》口《ぐち》から覗《のぞ》く腕時計も金ぴかだった。

「いらっしゃいませ。どうぞ、お好きなお席に」

いかにも場違いな三人に戸惑いながらも、秋穂は椅子《いす》を勧めた。

「私、こんな店見たの、初めて」

「さすが、新小岩ね」

年長の二人……谷川麗香《たにがわれいか》と城戸美晴《きどみはる》は、物珍しそうに店内を見回した。その眼付きはいささか無遠慮で、趣味の悪い見世物《みせもの》を見ている感じがあった。

「お飲み物は何になさいますか？」

秋穂がおしぼりを差し出して尋ねると、麗香と美晴は早速メニューを覗き込んだ。

「あら、ホッピーですって。私、飲んだことないわ」

「黄桜《きざくら》？　今時、普通は純米吟醸《ぎんじょう》よね」

「ビールがサッポロの大瓶《おおびん》だけって、すごくない？」

一番年下の江藤《えとう》なぎさが、遠慮がちに口を挟《はさ》んだ。

「ホッピーって、プリン体ゼロで糖分が少なくて、今、ヘルシーなアルコール飲料として注目されてるんですって。ダイエットや糖質制限されてる方には、合うんじゃないでしょうか」

「あら、そうなの」

質の悪いビールだとばかり思ってたわ」

二人の声はいやでも音二郎と巻にも聞こえる。ホッピー愛好家の音二郎は、内心面白くなかった。

「それじゃ、ホッピーにしましょうか」

「そうね。もうホッピーを置いてあるような店には行くこともないだろうし、これが飲み始めで飲み納めね」

ホッピーを置いてあるような店で悪かったわね。居酒屋っていうのはホッピーを置いてあるもんなのよ。うちが高級レストランや高級割烹《かっぽう》でないのは、見りゃ分かるでしょ。ホッピーが嫌なら、最初から居酒屋に来るんじゃないわよ。

「すみません、ホッピーを三つお願いします」

秋穂の心の声を聞いていたかのように、なぎさが柔らかな声で続けた。

「あのう、実は私たち、ホッピーをいただくのは初めてなんです。女将さん、飲み方を教えていただけませんか?」

なぎさの声の調子と表情から、秋穂に申し訳ないと思っている気持ちが伝わってきた。すると、今度は同情心が湧いてきた。

考えてみりゃ、この人も災難よね。礼儀を知らない先輩二人にへいこらしなくちゃならないんだから。

「はい。ホッピーはこの麦芽《ばくが》飲料の名前なんです。焼酎《しょうちゅう》をホッピーで割ったのが、いわゆる酒場のホッピーになります」

秋穂は三人の前にホッピーセットを並べた。

「居酒屋用語で、ホッピーを《外》、焼酎を《中》といいます。大体ホッピー半量でジョッキ一杯分になりますので、飲み終わったら中身を追加して、二杯目を召し上がってください。一応マドラーを添えてありますが、かき混ぜない方がほとんどです」

三人は結構神妙に秋穂の説明を聞いた。そしてそれぞれホッピーをジョッキに満たすと、かき混ぜないで乾杯した。

「あら、ビールとあんまり変わらないわね」

「プリン体ゼロで低糖質なら、ビールよりいいかもしれない」

一口飲んで麗香と美晴は意外そうな顔になり、続けざまにジョッキを傾けた。

秋穂は三人にお通しのシジミの醬油漬けを出した。麗香と美晴は露骨に胡散臭《うさんくさ》そうな顔をしたが、なぎさは迷わず箸を伸ばし、ひと粒口に入れた。

「……美味しい」

初めてこのお通しを食べた人がみなそうするように、なぎさも目を丸くした。

「これ、すごく美味しいですね。ちょっと梅干しの風味で」

「ありがとうございます。台湾《タイワン》料理屋のご主人に教えていただいたんです」

なぎさは続けて何粒もシジミを口に入れた。

「それにこのシジミ、すごく良い味。何処《どこ》かのブランドシジミですか？」

お世辞もあるのかもしれないが、秋穂はなぎさの褒《ほ》め言葉に、すっかり気をよくした。

「いいえ。西友のバーゲン品です」

「とてもそんな風に思えない」

「秘密があるんです。一度冷凍してあるんですよ。貝は冷凍すると、旨味が四倍になるそうです」

なぎさは感心したように「まあ」と呟《つぶや》いた。麗香と美晴はなぎさにつられて、シジミを口に入れた。そして嚙《か》み締めるとにじみ出す、豊かな滋味に驚かされた。

麗香が初めて秋穂をまともに見て尋ねた。

「シジミ以外でも、冷凍すると美味しくなるんですか？」

「はい。貝は全部、大丈夫です」

「私、ボンゴレ・ビアンコ作る前に、アサリを冷凍してみようかしら」

麗香は独り言のように呟いて、シジミを口に入れた。

「あの、このお店のお勧めは何ですか？」

店内の壁一面に貼られた魚拓をちらりと見て、なぎさが尋ねた。

「あ、お客さん、すみません。釣りは亡くなった主人の趣味で、うちは海鮮はやっていないんですよ」

秋穂はガス台に載せた寸胴鍋《ずんどうなべ》を指し示した。

「一番の売りはモツ煮込みです」

麗香と美晴は「モツ」と聞いた途端に眉《まゆ》をひそめたが、秋穂は構わずに説明を続けた。

「牛モツを何度も煮こぼして下茹《したゆ》でしてあるので、臭みは全くありません。煮汁は二十年以上注《つ》ぎ足したヴィンテージものなので、旨味とコクがたっぷりですよ」

なぎさは目を輝かせた。

「おいしそうですね。日本は肉食の歴史が浅いから、正肉ばかり食べてますけど、昔から肉を食べてきた民族は、内臓肉をよく食べますよね。血の一滴も無駄にしないで、ソーセージに混ぜたり」

「そうらしいですね。それに、猛獣は獲物をしとめると、まず内臓から食べますでしょ。あれは、内臓が一番栄養があるからです。昔から肉を食べてきた人たちは、それを知ってるんですね」

秋穂となぎさの会話は弾んだが、麗香と美晴は白けた顔をしていた。仕方ないので秋穂は違うメニューを紹介した。

「あと、手作りコンビーフが自慢です。缶詰とは全然違うって、評判がいいんですよ」

「えっ？　コンビーフを手作りしてるの？」

美晴が驚きの声を上げた。

「お取り寄せを食べたことはあるけど、まさかこんな店で作れるなんて、信じられない」

コンビーフはやる気さえあれば、あんただって作れるわよ……と言いたい気持ちを抑え、秋穂はやんわりと答えた。

「コンビーフは時間はかかりますけど、手間はあまりかからないんです。特別な設備も要りません。だから家庭でも作れますよ」

「ねえ、コンビーフ、頼みましょうよ」

麗香が言った。

「そうね。話のタネに食べてみたいわ」

「あのう、コンビーフをメインにして、前菜的なおつまみも何品か頼みませんか？」

なぎさの提案に、二人とも頷いた。

「女将さん、お任せで野菜系のおつまみを何品か、出していただけませんか？」

「はい、お待ちください」

秋穂はエノキの和風ナムル、海苔マヨキャベツ、椎茸のタレ漬け、青梗菜《チンゲンサイ》のとろろ昆布漬けの四品を、取り皿を添えて出した。

椎茸のタレ漬けは焼いた椎茸を焼き肉のタレに漬けた一品で、出したつまみ四品はすべて、味が被《かぶ》らない。

「意外とイケるわね」

「簡単そう。今度、うちでもやってみようかしら」

麗香と美晴はそんなことを言いながら料理に箸を伸ばし、ホッピーを飲んだ。

しかし、なぎさは二人が家庭でまったくと言ってよいほど料理をしないことを知っていた。普段の食事は家事代行に頼んだ作り置き料理と、デパ地下やレストランのテイクアウトで賄《まかな》っている。

本人たちもそれを自慢していたし、いつも芸術品のように精巧なネイルアートを施していることからも、充分推察できた。

二人は早くも一杯目のホッピーを飲み干し、中身をお代わりした。

「江藤さんは？」

「私はまだ、もう少し」

なぎさのジョッキにはまだ半分以上ホッピーが残っていた。

「でも、今日は江藤さんのお陰で、最高だったわ」

「ホント。菊川瑠美《きくかわるみ》先生の講演会なんて、いつも満員でプラチナチケットですもん」

「よくチケット、手に入ったわね」

「みんな赤松さんのお陰です」

赤松ふみえは東京聖栄《せいえい》大学の事務局で働いている。

今日は新小岩の東京聖栄大学で、大人気の料理研究家、菊川瑠美の講演会が開催された。テレビでレギュラー番組を持ち、いくつもの雑誌に連載を持つ菊川瑠美は、主宰する料理教室は応募者が殺到して新規加入は二年待ち、講演会のチケットもすぐ完売した。

そのプラチナチケットをなぎさが入手できたのは、ひとえに赤松ふみえのお陰だった。

ふみえはなぎさの母と幼馴染《おさななじ》みで、親友だった。結婚後わずか五年で夫を事故で亡くし、それからは東京聖栄大学の事務局に職を得て、母親と二人で暮らしている。穏《おだ》やかで優しい人柄で、なぎさはふみえが大好きだった。ふみえもなぎさを子供のように可愛がってくれた。

料理好きのなぎさが菊川瑠美のファンで、瑠美の著作をすべて揃《そろ》えているのを知っていたので、ふみえは勤務する大学で瑠美の講演会が決まった時、チケットを用意すると言ってくれた。

本当はなぎさ一人で聞きに行く予定だったのが、それを知った娘の同級生のママ友・麗香と美晴に「是非、自分たちの分も」と頼まれた。二人はPTAのボス的存在で、頼まれたら無下《むげ》に断ることは出来ず、なぎさは仕方なくふみえにチケットの追加をお願いした。面倒な手続きがあったのかもしれないが、ふみえは何も言わずに追加分のチケットを用意してくれたのだった。

帰りに事務室に寄ってふみえに挨拶《あいさつ》すると、麗香が尋ねた。

「あの、この辺に良い店、ありませんか？」

ふみえが「そうですねえ」と首をひねると、美晴が言った。

「別にミシュランの星とかじゃないんです。いかにも新小岩っぽい、下町って感じの店が良いんです」

「私たち、もう一生新小岩に来ることないかもしれませんから、今日の思い出に」

ふみえは記憶をたどりながら答えた。

「南口に『源八船頭《げんぱちせんどう》』っていう、八丈島《はちじょうじま》の料理を出す居酒屋があります。新小岩ではとても有名で、人気があるんですよ」

それから申し訳なさそうに付け加えた。

「でも人気のお店だから、予約しないと入れないかもしれませんね」

「他に何処かありませんか？」

ふみえは麗香と美晴、そしてなぎさの顔を順番に見て、ふと思い出したように言った。

「米屋という居酒屋があります」

ふみえは店の場所を説明すると、なぎさの顔をじっと見て、一言一言、まるで自分に言い聞かせるように言った。

「前に、リルが行方不明になった時、偶然入った居酒屋にいたお客さんが、猫を探す方法を教えてくれたって言ってたでしょう。その店が米屋なのよ」

ふみえは次に麗香と美晴を見て、にこやかな笑みを浮かべた。

「もしかしたら、今は別の店になっているかもしれません。私が行ったのはずいぶん前のことですから……。でも、とても良いお店です。新小岩にいらしたなら話のタネに、是非寄ってみてください」

なぎさが米屋を訪ねた経緯を思い返しているうちに、麗香と美晴の話題は、菊川瑠美の講演に移っていた。

「日本の家庭料理の豊かさが、料理文化を支えている一番太い柱だっていう話には、感動したわ」

瑠美は「夕飯に何を食べようか迷うのは、一部の恵まれた国だけです。世界には、一年三百六十五日、同じメニューしか食べられない国も多いんです」と語った。

「改めて考えたことはないけど、言われると響くわよね」

麗香は大げさに肩をすくめた。

「そんな国に生まれたらと思うと、ぞっとするわ」

そうだろうか……と秋穂は訝《いぶか》った。生まれた時からそういう生活しか知らなければ、そういうものだと受け容れて、普通に生きていくのではあるまいか。

「日本女性の食に対する好奇心、冒険心は世界一っていう話も、気に入ったわ」

美晴は青梗菜をつまんで言った。

「食べたことがない料理があると、多くの日本女性は食べてみたいって思う。でも外国の女性は、食べたことのない料理は敬遠する人の方が多いって」

その割に、モツ煮込みを敬遠してるじゃないの……と、秋穂は心の中で思った。

「でも、同じ日本人でも男性は食べ物に保守的ですよね」

なぎさは遠慮がちに口を挟んだ。

「うちの父は海に行った帰りに、山菜漬けをお土産《みやげ》に買ってきたんですよ」

思い当たる節があるのか、麗香も美晴も小さく笑いを漏らした。

「私、ご飯・味噌汁・おかずの三点セットが日本食の基本だっていう話に、すごく共感しました。だから日本食は、世界中の料理を日本食に出来るんだって」

秋穂はなぎさの言葉に興味を引かれた。

「あのう、お客さん、それはどういう事なんですか？」

「おかずの位置に何でも入れられるってことです。トンカツもビフテキも鶏《とり》の唐揚げも豚の生姜焼き《しょうがや》も餃子《ぎょうざ》も焼売《しゅうまい》も、おかずにしちゃえば日本食だって仰《おっしゃ》ったんです。私、すごく腑《ふ》に落ちました。だから日本はおかずがこんなにいっぱいあるのかって」

なぎさは熱を込めて説明した。

「まあ、その先生は、良いことをおっしゃいますねえ」

「女将さんも、そう思うでしょう」

なぎさは嬉しそうだった。

秋穂は女性たちのつまみが残り少なくなったのを見て、カボチャの煮物を追加で出した。甘辛い味の料理は他にないので、箸が進むだろう。

早速カボチャをつまんだ麗香が、思い出したように言った。

「そうそう、月末のハロウィンパーティーの衣装、どうなさる？　娘は魔女の衣装が着たいんですって。私は『アナと雪の女王』のエルサが良いと思うんだけど。城戸さんは？」

「うちはドラキュラ伯爵《はくしゃく》夫人ですって。十八世紀風の衣装で」

「どちらでお求めになるの？」

「市販のものはいかにも安っぽくていただけないわ。樋口百合子《ひぐちゆりこ》のアトリエにオーダーしようと思ってるの」

「ああ、彼女の服は良いわよね。上品で」

「縫製《ほうせい》もすごく丁寧《ていねい》よ。よろしかったら、ご紹介しましょうか？」

麗香は優雅に微笑んで首を振った。

「ありがとう。でも私はお気に入りの杉礼二《すぎれいじ》のスタジオにオーダーするわ」

秋穂は麗香と美晴の間に、一瞬バチバチと火花が散るのを見たような気がした。

二人の脇《わき》で、なぎさは麗香が美晴の誘いを断ったことに、ホッと胸をなでおろしていた。もし麗香が「うちもよろしく」などと答えていたら、次はなぎさに向かって「江藤さんもいかが？」などと言い出しかねない。

なぎさは平凡なサラリーマンの妻で、週に三回、企業のコールセンターでパート勤務をしている。有名デザイナーに子供の仮装用の衣装をオーダーできる境遇ではない。それどころか、自分自身だって樋口百合子や杉礼二の服など持っていないのだ。

「江藤さんのお宅はどうなさるの？」

麗香に訊かれて、なぎさは緊張で身を固くした。

「うちの子はスーパーマリオになるそうです。女の子バージョンもあるみたいで」

ネットで調べたら、三千円ちょっとで売っていた。これなら家計の負担にはならない。そもそも一回こっきりの仮装なら、それで充分なのだ。

「中身、お代わりください」

なぎさはジョッキを上げた。

「ねえ、そろそろ自家製コンビーフ、出してくれない？」

麗香が催促した。

「はい、ただいま」

秋穂はレタスを敷いた皿に、コンビーフを三枚切って乗せた。皿には粒マスタードとマヨネーズを添えた。

「よろしかったらお好みでどうぞ」

麗香と美晴は、半信半疑といった顔つきでコンビーフを自分の皿に取り分けたが、一切れ口に入れると、その顔に感嘆が広がった。

「……美味しい」

「ホント、缶詰とは全然違う」

なぎさも箸を伸ばした。何も付けずに一口食べて、やはり感嘆した。肉の旨味が凝縮したような味が口に広がる。

「これ、高い牛肉じゃないとだめですか？」

思わず問いかけると、秋穂は首を振った。

「オージービーフで充分ですよ。ブロックで肩ロース、モモ、脂《あぶら》の少ないバラ、全部使えます。ご自身で試してみて、一番好みに合う部位を使ってください。うちのは肩ロースです」

「手間はかからないって仰ってたけど」

「はい。時間だけです。漬ける時間、煮る時間、放置する時間。それさえきちんと守れば、誰でも失敗しないで美味しく出来ますよ」

なぎさは深く頷いた。家に帰ったらネットで「コンビーフの作り方」を検索して、自分でも挑戦しようと思った。同時に「この店のモツ煮込みなら、絶対に美味しいに違いない」と確信した。

「ああ、ごちそうさま」

麗香と美晴はコンビーフを食べ終えて箸を置いた。

秋穂はほうじ茶を淹《い》れながら、一応訊いてみた。

「皆さん、シメに何か召し上がりますか？」

麗香と美晴は同時に首を振った。

「もう結構よ」

「お腹《なか》いっぱい」

本当は、こんなしょぼくれた店で腹一杯食べるのが業腹《ごうはら》だったのだ。相談したわけではないが、二人ともこれから銀座に寄って、寿司でもつまんで帰ろうと思っていた。

ほうじ茶を飲んでいるうちに勘定が出た。麗香はスマートフォンを取り出し、計算機機能できっちり割り勘にして料金を払った。

「どうもごちそうさまでした」

なぎさは丁寧に頭を下げた。女将が微笑んでくれたので、いくらかホッとした。

麗香と美晴が並んで先を歩き、なぎさが後を追う形になった。

「でも、赤松さんは、あの店のどこが気に入ったのかしら。ただの居酒屋じゃない」

「しょうがないわよ、女将がワンオペでやってる店なんだから。期待する方が無理よ」

「ま、新小岩らしいって言えば、その通りよね。場末感があって」

「話のタネにはなるわよ」

「そうそう、年末年始はどうなさるの？」

「うちは例年通り、ウィーン・フィルハーモニーのニューイヤーコンサートに合わせて、あちらで」

「うちは流行病《はやりやまい》以来、海外はあんまり。パリもミラノもウィーンも、移民で大変でしょ。今年は志摩《しま》観光ホテルにしたわ」

なぎさは二人の後について行くのをやめて立ち止まった。これまで必死につなぎとめていた線が、心の中で音を立ててぷつんと切れたのを感じた。今、ハッキリと自覚した。この人たちには、もうついていけない。気が遠くなるほどお金があるのに、思いやりや気遣いやたしなみはまるでない。あの店の女将さんが、精一杯美味しいものを作ってもてなしてくれたのに、ひとかけらの感謝もないなんて、完全に人として終わってる。

麗香と美晴は、なぎさが立ち止まっていることには少しも気づかず、どんどん遠くへ歩いてゆく。

なぎさはくるりときびすを返し、元来た道を引き返した。


なぎさたち三人が引き上げた後、米屋には音二郎と巻が残っていた。二人とも食事はとうに終えていたが、ほうじ茶を啜りながら、三人のやり取りを、聞くともなく聞いていたのだった。

「それにしてもあの二人は、ひどかったな」

音二郎が苦虫を嚙み潰したような顔で言うと、巻もぐいと顎《あご》を突き出した。

「まったく。呆《あき》れ返ってものも言えないよ。どういう育ち方をしたんだか。金ぴかに着飾ってたけど、ありゃ全部メッキだわ」

そこへ、ガラス戸を開けてなぎさが入ってきた。

「こんばんは」

「あら、お忘れ物ですか？」

「いえ、どうしても煮込みが食べたくて、戻ってきました」

秋穂だけでなく、音二郎と巻も笑顔になった。

「どうぞ、お好きなお席に」

なぎさは音二郎と巻にも会釈《えしやく》して、椅子に腰を下ろした。

「ところでお客さんは、どうしてうちにいらっしゃったんですか？」

秋穂は器によそったモツ煮込みに、刻みネギをたっぷりと盛った。

「母の親友が、米屋さんを推薦してくれたんです。その方、ふみえおばさんは、飼っていた猫が行方不明になった時、この店のお客さんが探す方法を教えてくれたって」

巻がなぎさの方を向いた。

「ああ、あの時の……。それで、猫は見つかった？」

「はい。すごく感謝してます」

なぎさは湯気の立つ煮込みをひと箸、口に入れた。

「……」

想像した通り、いや、それ以上の美味しさだった。内臓肉の旨味に時間の旨味が加わって完成した味だ。

「ああ、本当に美味しい」

秋穂は思わず笑顔になって「ありがとうございます」と応《こた》えた。

なぎさはモツ煮込みの刺激で、新たな食欲が湧いてきた。

「女将さん、シメの料理は何がありますか？」

「そうですねえ。おにぎり、お茶漬け。あと、今日は秋刀魚の良いのがあるんで、塩焼きにしてご飯セット。それと、サバの竜田揚げ。これは缶詰を使うんですよ」

なぎさはパッと顔を輝かせた。

「今、鯖缶、すごい人気なんですよ」

「まあ、そうなんですか」

「色んな料理に使われてます。パスタとかカレーとか炒め物とか」

秋穂はふと閃《ひらめ》いた。

「スパゲッティも出来ますよ。鯖缶とトマトとブロッコリー」

「あ、美味しそうですね。それ、いただきたいです」

そして控えめに付け加えた。

「ここで味を覚えて、うちでも作ってみます」

「簡単ですから、是非お試しください」

秋穂は鍋をガスの火にかけ、湯が沸く間にトマトとジャガイモを一口大に切り、ブロッコリーを小房に切り分けた。パスタは細めのスパゲッティーニを使う。

「これ、全部一つの鍋で調理できるところがミソなんですよ」

沸騰《ふっとう》した湯に塩を加えたら、まずジャガイモを入れ、三分後にスパゲッティーニを入れ、その一分後にブロッコリーを入れる。

「茹で時間は表示より一分三十秒短くします」

秋穂は鍋の上にステンレスのボウルを置いた。こうすると湯気で湯煎状態になる。そこに刻んだトマトと、サバの水煮缶を汁ごと入れて、木べらでサバの身を崩し始めた。

「こうやって、サバの旨味とトマトの旨味を混ぜ合わせます」

タイマーが鳴ると秋穂は鍋の中身をザルに開け、茹で汁の水気を切った。茹で上がった中身をボウルに移し、オリーブオイルを回しかけ、木べらでジャガイモとブロッコリーをつぶすようにしながら全体を混ぜた。

「味を見て、塩気が足らないようなら足してくださいね」

秋穂はなぎさの分の他に小皿を三枚並べ、それぞれに出来上がった鯖缶のパスタを盛りつけた。

「はい、どうぞ。うち、フォークはないので、お箸で召し上がってください」

秋穂は音二郎と巻の前にも皿を置いた。

「おじさんたちもどうぞ。珍しいから、味見してみて」

なぎさは出来たてのパスタをざる蕎麦《そば》のように啜り、感動した。鯖缶の旨味が余すところなく使われて、トマトとの相性も抜群だった。トマトの旨味成分が、昆布と同じグルタミン酸だったことまで思い浮かんだ。

こんなおいしいパスタが鍋一つで、ほんの十五分足らずで作れるなんて、主婦には嬉しい限りだわ。日曜日のブランチはこれにしようっと。サラダかフルーツをプラスすれば、ビタミンも完璧!

頭の中でそんなことを考えながら、なぎさはパスタを食べ終わった。満腹と満足で溜《ため》息《いき》が漏れた。

「ああ、ごちそうさまでした」

秋穂は淹れたてのほうじ茶をなぎさの前に置いて、さりげなく切り出した。

「お客さんは、あの二人のお連れさんが苦手なんですね」

「はい。正直言って、顔も見たくないです」

「それなのに、どうしてお付き合いなさってるの？」

「ママ友なんです」

「はあ？」

「娘の同級生の母親なんです」

正確な表現で言い直すと、なぎさはあらためて実感した。そうだ、娘の同級生の母親で、別に友達でも何でもない、と。

「あの二人、ＰＴＡの会長と副会長で、権勢欲の塊なんです。逆らうと、娘がいじめられるかもしれないと思って、それで仕方なく言うこと聞いてきました。でも、もううんざりです。今日それがハッキリ分かりました」

なぎさは会ったばかりのこの女将と、やはり見ず知らずの二人の老人の前で、不思議なほど素直な気持ちになっていた。

「娘はみぎわという名前で、白樺《しらかば》女子学園の五年生です」

白樺女子学園は付属の小学校から大学まで包括する名門私立で、所謂《いわゆる》お嬢様学校だった。言い換えれば、普通のサラリーマン家庭の子供には場違いな学校でもある。

「みぎわを受験させたのは、母の勧めなんです」

なぎさの母、みぎわには祖母に当たる浜子《はまこ》は、元々は資産家の令嬢で、白樺女子学園の卒業生だった。しかし親の勧める縁談を蹴って、貧乏な大学講師と駆け落ちし、勘当された。幸いにも夫婦は円満で、夫は研究が学会に認められて名門大学の教授に迎えられた。十年前には長命だった実家の母親が亡くなり、少しばかり遺産も入ってきた。

「みぎわを白樺女子学園に入れるように、母から強く勧められました。入学金も学費も寄付金も出すからって。どうしてそんなに白樺学園にこだわるのか、私には分かりませんでした。でも母に言わせると……」

白樺女子学園で出会う級友や先生方は、子供にとって一生の宝になる。他の学校とは全然違う、素晴らしい出会いと経験がある。それはお金では買うことが出来ない。学力が大きく劣っているなら仕方がないが、可能性があるなら、子供に挑戦させてほしい。

「そう言われて、私も主人も仕方なく……。それに、うちはお受験予備校とか行ってないので、受験してもどうせ落ちると思ってたんです。そうしたら、受かってしまって」

最初はなぎさも喜んだ。白樺女子学園は何と言っても難関の名門校なので、そこに合格したのは、親としても鼻が高い。

「でも、だんだん間違いだったんじゃないかと思うようになりました」

みぎわの同級生たちは皆、非常に裕福な家庭の子供で、生活のレベルが段違いだった。

「例えばピアノを習っている子は、発表会に仲の良い同級生を招待します。招待された子はお返しに、自分の習い事の発表会に招待し返します。ヴァイオリン、バレエ、フルート、日本舞踊、フラメンコ……。でも、うちの子は何も習い事をしていないので、招待されるばかりで」

特に仲良くしている同級生は、夏休みに軽井沢《かるいざわ》の別荘に招待してくれた。みぎわは喜んで出かけて行ったが、普通はそういう場合、次の夏休みには招待された側が自分の別荘に相手を招待するものだと、谷川麗香と城戸美晴に指摘されて、なぎさは穴があったら入りたい気持ちにさせられた。

「誕生会も憂鬱《ゆううつ》でした」

誕生日に仲の良い同級生を招いて誕生会を催すのは、普通の家庭でも当たり前に行われている。だが、白樺女子学園の誕生会は、そういうレベルではなかった。

「仕出しのお料理を頼むなんて当たり前で、ホテルを会場にしたり、プロのミュージシャンやマジシャンを余興に呼んだり、もう結婚式レベルのお金をかける家もあるんです」

いよいよみぎわの誕生日が迫ってきて、なぎさは途方に暮れた。思いあまって浜子に相談すると「あなたの得意技で子供たちをもてなせばいいじゃないの」とこともなげに言われた。

「それで……子供たちに料理体験をさせました。みんなで一緒に、ハンバーグを焼いて、チーズケーキを作りました」

「お子さんたち、喜んだでしょう」

「はい、とても。でも、もしかしてみぎわは肩身の狭い思いをしてるんじゃないかと思うと、やっぱり白樺女子学園に入れたのは間違いだったのかもしれません。少し、後悔しています」

「あのねえ、お客さん」

秋穂はたしなめる口調にならないよう、気を付けて言った。

「お誕生会っていうのは、お子さん同士が友達の誕生日を祝うのが趣旨で、親の財力をひけらかす場じゃないんですよ。私はお客さんのなさったお料理教室は、お子さんたちにはすごく新鮮で、楽しい体験だったと思います。きっと思い出に残るお誕生会になったはずですよ」

なぎさは自信なさそうに目を泳がせた。

「奥さん、お子さんはどう思ってるんです？」

巻の問いかけに、なぎさは一瞬虚を突かれた。

「大事なのはお子さんの気持ちですよ。それをきちんと聞いた方がよかありませんか」

「そりゃそうだ。子供には子供同士の付き合いってもんがある。親が気を揉《も》んだって始まらねえ」

音二郎も口を添えた。

「そうですよ、お客さん。一度お子さんとゆっくり話し合ってください。もしお子さんがお母さんと同じように、同級生との違いを苦痛に感じているなら、その時はお祖母《ばあ》さまも交えてもう一度話し合って、一番良い方法を考えればよろしいと思いますよ」

なぎさは急に気持ちが軽くなった。そうだ、まずは話し合いだ。みぎわの気持ちをきちんと聞かない事には、始まらない。

「女将さん、皆さん、ありがとうございました」

なぎさは椅子から立ち上がり、まず秋穂に、続いて音二郎と巻に向かって頭を下げた。

「仰る通りです。私、娘の気持ちを聞いてみます。それから家族で話し合います」

そして晴れ晴れとした笑顔になった。

「私、今日、こちらに伺って本当に良かったです」

「お母さん、谷川さんと城戸さんのお母さんたちと、仲良かったんじゃないのね」

翌日は日曜日だった。米屋で食べた鯖缶とトマトのパスタでブランチを済ませた後、なぎさが昨日のあらましを話すと、みぎわは探るような眼をした。

「正直苦手だったわ。今は大嫌いよ。軽蔑《けいべつ》してるわ」

キッパリと答えると、みぎわはホッとした顔になった。

「良かった。お母さんがあの人たちと親しいみたいだから、私も遠慮してたの。谷川さんと城戸さんて、実はクラスのみんなから嫌われてるの。すごい性格悪いから」

麗香と美晴の実家は、バブル期に火事場泥棒のように財を成した不動産成金だった。幼い頃から親の姿を見て育ったので、二人とも拝金主義と成金根性の塊のような大人になってしまった。

なぎさは親同士の付き合いがほとんどないので知らなかったが、同級生の父母たちはみな、麗香と美晴を敬遠していた。ＰＴＡで好き勝手に振る舞えたのも、他の役員が誰も相手にしなかったからにすぎない。

そして、そういう親の雰囲気は、言葉に出さなくても何となく子供に伝わるものだった。だからみぎわの同級生たちも、表立って争ったりはしなかったが、麗香と美晴の娘からは距離を取っていた。

「正直に聞くけど、白樺女子学園は好き？」

「もちろん、大好き！」

みぎわは迷うことなく即答した。

「私、親友が三人いるの。浅見《あさみ》さんと鳥山《とりやま》さんと矢島《やじま》さん」

なぎさもその名前は何度も聞いていた。

「三人ともお祖母さまがいらして、どなたも本当に素晴らしいの」

浅見幸子《さちこ》の祖母は茶道に造詣が深かった。家に遊びに行ったとき、棗《なつめ》（抹茶《まっちゃ》を入れる漆器《しっき》）のコレクションに興味を示したのをきっかけに、茶器や生け花、書画骨董《こっとう》などについてもあれこれ教えてくれた。

「今度、浅見さんと一緒に、お祖母さまから茶道の手ほどきを受けることになったの」

茶道に少しも関心のなかった孫が、みぎわの影響で急に興味を持つようになったことを、祖母は大変喜んでいるという。

「鳥山さんのお祖母さまは、仕舞《しまい》（装束をつけない能の舞）をなさるのよ。私、生まれて初めて仕舞を拝見して、すごく感動しちゃった。あれこれ質問してたら、教えてくださるって」

鳥山美和子《みわこ》もみぎわと一緒に仕舞を習いたいと申し出た。バレエを習いたいと言っていた孫の変化に、祖母は大いに喜んだ。

「矢島さんのお祖母さまはすごい読書家で、昔の本をたくさん持っていらっしゃるの。特に和綴《わとじ》の本がたくさんあって……でも、私全然読めなくて」

すると矢島久美子《くみこ》の祖母は、古文書《こもんじょ》について基本的なことを教えて差し上げましょうと言ってくれた。それまでただのかび臭い本としか思っていなかった久美子も、みぎわに刺激されて、にわかに興味を示した。祖母は向学心旺盛なみぎわが孫の学友になったことを、心から喜んだ。

「白樺女子学園じゃなかったら、浅見さんや鳥山さんや矢島さんみたいな人たちと、同級生にはなれなかったわ。三人とも頭が良いし、思いやりがあって優しいの。育ちの良い方って素敵だなって思う」

みぎわは何の屈託もない口調で先を続けた。

「それに、三人のお祖母さまを通して、私は日本文化の深いところを勉強させてもらえるでしょ。これから大人になった時、それはきっと、すごいアドバンテージになるわ。私、白樺に行かせてくれたお祖母ちゃんには、心から感謝してる」

なぎさは改めて、みぎわは母の浜子によく似ていると思った。まだ十歳だが、怜悧で自分を知っていて、他人の言動に惑わされることなく毅然《きぜん》としている。持って生まれたその強さと賢さを、白樺女子学園は鍛え、伸ばしてくれる場所なのだ……。

「そうね。白樺女子学園に入学して、本当に良かったわ」


わずか二日前に行ったばかりだというのに、店は見つからなかった。簡単な道で、間違えるわけはない。ルミエール商店街の中ほどを右に曲がり、最初の角を左に折れ、その路地沿いにあったはずだ。

しかし、焼き鳥屋の「とり松《まつ》」と昭和レトロなスナック「優子」に挟まれて、しょぼりと赤提灯《あかちょうちん》を下げていたはずの「米屋」がない。目の前にあるのは「さくら整骨院」という、シャッターの下りた治療院だった。

なぎさは悩んだ末に、とり松の入り口の引き戸を開けた。

中はカウンターとテーブル席が二卓の小さな店で、テーブル席の分だけ米屋より広い。カウンターの中では七十代後半の主人が団扇《うちわ》を使いながら串を焼き、同年代の女将がホッピーセットの支度をしていた。カウンター席には客が四人座っていて、背中の感じで老人だと分かった。一人は女性、あとの三人は男性だ。

「あのう、ちょっとお尋ねしますが」

主人と女将がなぎさに視線を向けた。

「この近くに米屋という居酒屋があるはずなんですが、見つからなくて……」

四人の客が一斉《いっせい》に振り向いた。なぎさはそのうちの二人に見覚えがあった。思わず一歩踏み出していた。

「あの、一昨日米屋でお目にかかったお客さんですよね？　私、最初三人で来て、それから一人で戻ってきた、あの、猫を見つけていただいた人の知り合いで……」

なぎさは先を急ぐあまり、事実と違う説明をしてしまった。

まずは最年長の沓掛直太朗《なおたろう》が、ゆっくりと口を開いた。

「お客さん、あなたが会ったのは頭の禿《は》げた爺さんですよね？　それは私の親父です」

井筒小巻《こまき》が後を続けた。

「髪の毛を薄紫色に染めた婆さんでしょ。それ、あたしの母親です」

谷岡資《たにおかたすく》が後を引き取った。

「どっちも二十年以上前に亡くなりました」

なぎさは口の中で「ウソ！」と呟いた。

「米屋ももう三十年以上前になくなりましたよ。平成に入って二～三年の頃ですかね。

女将の秋ちゃんが急死して、跡継ぎがなかったんで店は人手に渡りました。今の整骨院で五代目くらいです」

最後は水ノ江《みずえ》太蔵《たいぞう》が締めくくった。

なぎさはショックのあまり倒れそうになる身体を、テーブルを摑《つか》んで必死に支えた。

「そ、そんなバカな。私、一昨日お目にかかってるんです。女将さんに鯖缶のパスタの作り方を教えていただきました。相談にも乗っていただいたんです。あれが幽霊のわけ、ないじゃないですか」

直太朗が静かに首を振った。

「秋ちゃんは元は学校の先生でね。親切で面倒見の良い人だった。だからあの世に行ってからも、困った人を見ると放っておけなくて、ついお節介を焼いてしまうらしい」

資が優しい口調で先を続けた。

「どういうわけか、近頃米屋で秋ちゃんや私らの親に会ったっていう人が現れるんですよ。皆さん米屋を訪ねてくるんだが、見つからないのでここへ訊きに来るってわけです」

小巻がじっとなぎさを見て言った。

「怖い目に遭《あ》った人はいませんよ。皆さん、悩みが解決したり、気持ちが軽くなったりして、喜んでましたよ。お客さんは米屋に行って、どうでした？」

最初の動揺が収まると、なぎさは徐々に冷静さを取り戻した。すると四人の老人の話が、素直に心に沁《し》みてきた。

ああ、そうだ。私は米屋に行って、悩みが解決したじゃないか。気持ちが軽くなったじゃないか。鯖缶のパスタのレシピを習ったじゃないか。怖い思いなんか、全然していない！

「皆さんの仰る通りです。私は米屋の女将さんと、お二方のお父さんとお母さんのお陰で、救われました」

なぎさは四人の老人に、深々と頭を下げた。

「本当にどうも、ありがとうございました」

顔を上げると、太蔵が目を瞬《また》かせながら言った。

「お客さん、これからも時々、秋ちゃんのこと、思い出してあげてください。死んだ人間には、思い出してもらうことが一番の供養《くよう》なんです。秋ちゃんは子供がいなかったから、俺たちが死んだら、思い出す人が誰もいなくなってしまう」

なぎさは温かい波が胸に打ちつけてくるような気がした。

「分かりました。必ずそうします。鯖缶のパスタを作るたびに、女将さんのことを思い出します」

なぎさは一礼して、店を出た。

細い路地の上には、新小岩の夜空が広がっていた。東京の夜空は何処もそうだが、星の数は少なく、光は鈍かった。

なぎさは上を見上げ、鈍く光る星に向かって心の中で語りかけた。

女将さん、ありがとうございました。私、もっと強くなります。母や娘のように。そちらから、見守ってくださいね。

そしてハッと気が付いた。どうして赤松ふみえが米屋を推薦してくれたのかを。

おばさんは、私が悩んでいるのに気が付いたんだわ。だから……。

なぎさは自分に言い聞かせた。

米屋のことは、おばさんと私だけの秘密にしておこう。いつかまた、私みたいに悩みを抱えた人が、ふらりと立ち寄れるように。

あとがき

皆さま、『枝豆とたずね人　ゆうれい居酒屋5』を読んでくださってありがとうございました。このシリーズもいよいよ節目の第五巻を迎えることが出来ました。上手《うま》く行かないシリーズ物は四巻目で失速すると言われていますので、取り敢えず最初の山を越えることが出来て、ホッとしております。

嬉しいことに『ゆうれい居酒屋』は今年、韓国で翻訳出版されました。『孤独のグルメ』『深夜食堂』がヒットしているので、日本の居酒屋小説もイケるのではないか……と思われたようです。柳の下にそう何匹もドジョウはいないでしょうが、韓国でもお酒片手に『ゆうれい居酒屋』を読んでくれる方がいることを、祈るばかりです。

本書を読んでお気づきの方もいらっしゃるかもしれませんが、実は第一話には『食堂のおばちゃん』のはじめ食堂の往年の姿が、そして第五話では同シリーズのレギュラーメンバー・料理研究家菊川瑠美《きくかわるみ》の話題が登場します。実は『ゆうれい居酒屋』シリーズの第一作と第二作にも、『婚活食堂』の登場人物である大物占い師・尾局與《おつぼねあたえ》がちょっと出てくるのです。

数年前に「シリーズのメンバーが、別のシリーズに顔を出す掌編を書いてください」という企画があって、やってみたところとても楽しく、読者の方にも好評でした。

それがきっかけで各シリーズの担当編集者が、お互いライバル関係ではなく、協力しながら三シリーズを売り伸ばしてゆきましょうという話になり、「食と酒」の三シリーズの累計発行部数はめでたく百万部を突破しました。柔軟な発想で努力してくださった編集者と出版社には、感謝しかありません。

七月発売予定の『食堂のおばちゃん 16』では、第一話に『婚活食堂』の主要メンバーが顔を出し、第四話には『ゆうれい居酒屋』の舞台・新小岩《しんこいわ》と東京聖栄《せいえい》大学の話題が登場します。作者の独りよがりのお遊びという側面はありますが、三シリーズすべてを読んでくださる方も多いので、こういうシリーズをまたいだコラボレーションは、これからもやっていきたいと思っています。

今回、編集者に「米屋《よねや》にしれっと何回も来られる人がいるのも面白く、変幻自在になってきましたね」「米屋での経験を大切に思う人にとっては、いつでもあの路地裏に存在する店なんだという、その仕組みというか核心のようなものが、回を重ねるごとに分かってきました」と、過分なおほめの言葉をいただきました。

私自身はそんなに複雑なことを考えて書き始めたわけではなく、ただ「女将《おかみ》さんはゆうれいだったのです」という一点だけを核に、見切り発車で書き始めた作品なのですが、書いているうちに「そうだ、米屋にいる人は女将さんもご常連も、みんな死んでるんだ」と気が付きました。

つまり米屋は異世界なのです。『異世界居酒屋「のぶ」』ならぬ、『異世界居酒屋「米屋」』。それに気が付いてからは、書くのがとても楽になりました。普通の小説で守らなくてはならないリアリティを、時には踏み越えても大丈夫。異世界だから何でもありだ、と開き直れるのは、とてもありがたい設定です。

そう思うのは、私が実生活ではどうにもならないしがらみを抱えて生活しているからでしょう。同居している要介護五で身体障碍者一級の兄、人間なら前期高齢者になった三匹のＤＶ猫、老朽化しつつある我が家、そして老朽化しつつある私自身。

皆さんもきっと、数々のしがらみの中で、精一杯毎日を送っていらっしゃるはずです。そんな日々の中で、リアルな異世界でしがらみをぶっ壊していく『ゆうれい居酒屋』シリーズが、一服の清涼剤になることが出来たなら、作者冥利に尽きます。

どうぞ、変わりゆく新小岩の街を舞台に、いつの世も変わらぬ人情を描いてゆく『ゆうれい居酒屋』シリーズを、これからもよろしくご愛読ください。

皆さま、本文を読んで気になる料理はありましたか？

毎回申し上げておりますが、私の「食と酒」３社３シリーズに登場するのは、お金と手間のかからない料理がほとんどです。その中でも『ゆうれい居酒屋』シリーズの料理は、作り置きとレンチンが主力で、時短で手間要《い》らずです。

お時間のある時に、どうぞお気軽にお試しください。

「ゆうれい居酒屋５」時短レシピ集

お通し

レンジ塩蒸しナス

〈材　料〉作りやすい分量
ナス…5本　塩…小匙《こさじ》1　水…200cc

〈作り方〉
1. ナスは皮を剝《む》き、水に5分ほどさらす。
2. 保存容器に水と塩を入れ、混ぜ合わせる。
3. ナスを耐熱容器に並べてふわりとラップをかけ、600Wの電子レンジで6分ほど加熱したら、そのまま置いて粗熱《あらねつ》を取る。
4. ナスを2センチ幅に切り、**2**の容器に入れる。冷蔵庫で3日間保存できる。

☆食べる時、オリーブオイルを少し垂らし、大葉《おおば》の千切りをトッピングして香りをプラスすると、より美味《おい》しくなります。

一品料理

キュウリとうずらの味噌味玉《みそあじたま》

☆まずはうずらの卵の茹《ゆ》で方から
冷蔵庫から出したての卵を、沸騰《ふっとう》した湯に入れて2分30秒茹でたら、必ず氷水に入れて急速冷却し、余熱が入るのを避ける。茹でたてが一番だが、保存する場合は水気を拭《ふ》き取って殻《から》ごと容器に入れ、冷蔵庫へ。１〜２日までは美味しく食べられる。

〈材　料〉
うずらの茹で卵…10個　キュウリ…２本
漬《つ》けダレ［味噌…大匙２　砂糖…大匙１　酒…大匙１　醬油《しょうゆ》…小匙１
ゴマ油…小匙１　水…50ｃｃ］

〈作り方〉

1. 鍋《なべ》に漬けダレの材料をすべて入れて中火にかけ、1分ほど煮立ててアルコール分を飛ばし、火を止めて冷ます。
2. 茹で卵の殻を剝く。
3. 保存容器に漬けダレを入れ、卵を漬けて1時間以上冷蔵庫で冷やす。
4. キュウリを縦半分に切り、種をこそげ取ってくぼみを作る。
5. うずらの卵を載せるのに程良い長さにキュウリを切り、皿に置いて卵をキュウリのくぼみの上に載せる。

☆サラダ感覚で軽やかに食べられる、おしゃれなおつまみです。
☆味が濃くなりやすいので、タレに漬けたら2日以内に食べるのがお勧めです。

鰯《いわし》の梅煮

〈材　料〉　２人分

鰯…4尾　生姜《しょうが》…1片　梅干し…2個
煮汁［水…150cc　酒…大匙2　砂糖…大匙2分の1　醤油…大匙2
みりん…大匙2］

〈作り方〉

1. 鰯は頭を落とし、内臓を取りのぞいて塩水で洗い、水気をペーパータオルで拭き取る。
2. 生姜は薄切りに、梅干しは種を除いて包丁で粗く刻んでおく。
3. 鍋に煮汁の材料と生姜、梅干しを入れて煮立たせ、**1**を入れる。
4. 落とし蓋《ぶた》をして弱火で20分ほど煮て、煮汁が少なくなったら出来上がり。

☆鰯の下処理が面倒な方は、スーパーで処理済みの鰯を買うか、鮮魚店で買って下処理を頼んでください。
☆梅雨《つゆ》の頃の鰯は美味しくて、千葉県銚子市《ちょうしし》では毎年、「入梅いわし祭」をやっていますよ。

レタスの自家製サルサソースかけ

〈材　料〉 2人分

レタス…中1個　トマト…2個（400g）　玉ネギ…4分の1個

ピーマン…1個

A［オリーブオイル…大匙1　白ワインビネガー…小匙2　塩…小匙2
ハチミツ…小匙1　タバスコ…小匙1　胡椒《こしょう》…適宜《てきぎ》］

〈作り方〉

1. 玉ネギ、ピーマンはみじん切り、トマトは粗みじんに切る。

2. ボウルに**1**の材料を入れ、さらに**A**を加えてすべてを混ぜ合わせる。

3. レタスを洗って水気を切り、食べやすい大きさに切って皿に盛り、**2**のソースを載せる。

☆このサルサソースは、タコスはもちろん、揚げ物、肉や魚のソテーのソースにもなり、冷や奴《やっこ》の薬味としても使えます。レモン汁を加えても美味しいですよ。

ピーマンのコーンチーズ焼き

〈材　料〉２人分
ピーマン…2個　缶詰のホールコーン…大匙３～４　ベーコン…1枚
ピザ用チーズ…30g　粗びき黒胡椒…適宜

〈作り方〉
1. ピーマンは縦半分に切り、種とワタを取る。
2. ベーコンを粗みじんに切る。
3. ピーマンにコーンと**2**、ピザ用チーズを載せ、耐熱皿に並べる。
4. オーブントースターで３～４分ほど（チーズが溶けるまで）加熱する。
5. 仕上げに粗びき黒胡椒を振る。

☆ここでは入手しやすい缶詰のホールコーンを使いました。

カツオのタタキ・和風

〈材　料〉２人分

カツオ…１冊《さく》（４分の１尾）　塩…適宜　サラダ油…適宜　茗荷《みょうが》…２本

大葉…３枚　生姜…適宜　ニンニクチップ（またはすり下ろしニンニク）…適宜

青ネギ…１束　玉ネギ…２分の１個　ポン酢…適宜

〈作り方〉

1. カツオは塩を振ってしばらく置き、水気をペーパータオルで拭き取る。

2. フライパンにサラダ油を引いて強火で熱し、カツオを冊のまま置き、焼き色がついたらさっと返して全面を焼く。

3. 焼いたカツオを氷水に入れて粗熱を取る。水気をペーパータオルで拭き取り、約1センチの厚さに切る。

4. 生姜と茗荷と大葉は千切りに、青ネギは小口切りにする。玉ネギは薄切りして水にさらす。

5. 器に大葉と玉ネギを敷き、カツオを盛り、ニンニクチップ・生姜・茗荷・青ネギをトッピングし、ポン酢をかける。

☆カツオを直火《じかび》で焼く場合は、皮から5～6ミリ離れた身の部分に金属製の串を刺します。冊が短ければ3本、長ければ5本ほどを、少し扇状に、高さをそろえて刺すことが大切です。

カツオのタタキ・カルパッチョ

〈材料〉 2人分

カツオ…1冊（タタキの作り方は和風を参照）　ニンニク…2片　塩…適宜
オリーブオイル…大匙1　玉ネギ（できれば紫玉ネギ）…2分の1個
ベビーリーフ…1パック　パセリ…適宜
A［バルサミコ酢…大匙2分の1　醤油…大匙2分の1
　ハチミツ…小匙4分の1　黒胡椒…適宜］

〈作り方〉

1. ニンニクは芯を取り除き、薄切りにする。

2. 玉ネギは薄切りにし、水にさらしてから絞り、ベビーリーフと軽く混ぜておく。パセリは小房に切っておく。

3. フライパンにオリーブオイル、1を入れて弱火で加熱する。ニンニクが色付いたら取り出し、オリーブオイルは冷ます。

4. カツオを厚さ5ミリ程度に切り、器に並べ、塩を全体に振って馴染《なじ》ませる。

5. ボウルに冷ました3のオリーブオイル、Aの材料を入れてよく混ぜる。

6. 2をカツオの上に載せ、5のドレッシングをかけ、3で取り出しておいたニンニクを散らす。

☆最初からカツオのタタキを買って使っても構いません。
☆プチトマトやディルなど、お好きな野菜やハーブを加えてください。
☆ここで使用したバルサミコ酢はワインとの相性がよろしいです。

青梗菜《チンゲンサイ》のとろろ昆布漬け

〈材　料〉 ２人分

青梗菜…１袋（２００g）　とろろ昆布…５g

A［白出汁《しろだし》…大匙２　水…２８０cc］

〈作り方〉

1. 青梗菜は洗って葉を一枚ずつ剝《は》がし、茎はそぎ切り、葉はざく切りにする。

2. フライパンに**A**を入れて中火にかけ、沸騰したら**1**を加えて煮て、青梗菜が柔らかくなったら火を止める。

3. **2**にとろろ昆布を加えて耐熱保存容器に移し、１時間ほど漬ける。

☆油抜きをして短冊《たんざく》切《ぎ》りにした油揚を一緒に煮ると、ボリュームアップします。

イチジクのコンポート

〈材　料〉作りやすい分量
イチジク…5個　安いブランデー…適宜

〈作り方〉
1. イチジクは綺麗《きれい》に洗い、水気をよく拭き取っておく。
2. イチジクの皮を剝いて軸の部分を切り落とし、縦半分に切る。
3. 鍋に**2**を入れ、上からひたひたになるまでブランデーを注いで火にかける。
4. ブランデーが煮立ったら弱火にし、落とし蓋をして20分くらい煮る。
5. 火を止めて粗熱を取り、そのまま冷やして完成。

☆イチジクはそのまま液に漬けておいた方が、味が馴染んで美味しくなります。
☆ブランデーの他にも、赤ワインで煮たり、砂糖とレモンの汁で煮たりするレシピもあります。

サバの竜田揚《たつたあ》げ

〈材　料〉２人分
鯖缶《さばかん》（醬油煮）…１個　片栗粉《かたくりこ》…適宜　揚げ油…適宜

〈作り方〉
1. サバは身を取り出して縦四等分に手で裂き、水気を拭く。
2. サバに片栗粉をまぶし、高温の油で30～40秒揚げる。

シメ

枝豆ご飯

〈材　料〉作りやすい分量
枝豆（莢《さや》付き）…１５０g　米…２合　塩…小匙２分の１～１　酒…大匙１

〈作り方〉
1．米はとぎ、30分以上浸水させておく。
2．枝豆は熱湯で1分ほど茹でて水に取り、莢から実を取り出す。
3．炊飯器に米を入れて塩と酒を加え、2合の目盛りまで水（分量外）を入れ、全体を混ぜて調味料を溶かす。
4．枝豆を米の上に広げるように入れ、炊飯する。

☆これは一番基本的なレシピですが、本文のように枝豆を別に調理して炊き上がったご飯に混ぜるなど、アレンジレシピも試してみてください。

オイルサーディンのスパゲッティ

〈材料〉2人分
オイルサーディン缶…（70g）2個　スパゲッティーニ…160g
茹で用の塩…大匙1　小ネギ…適宜　オリーブオイル…大匙1　醬油…適宜

塩…適宜　お好みでレモン汁…適宜

〈作り方〉

1. 鍋にたっぷりの湯を沸かし、塩を加えてスパゲッティーニを入れ、茹で始める。

2. フライパンにオイルサーディンを缶汁ごと入れて、木べらでつぶしながら炒《いた》め、鍋肌から醬油を垂らして香りをつけ、**1**の茹で汁をカップ半分ほど加えてゆるめる。

3. 袋の表示時間より1分30秒前にスパゲッティーニをザルにあけ、茹で汁を切って**2**に入れ、全体を混ぜる。

4. 小口切りにした小ネギ、オリーブオイル、お好みでレモン汁を加えて混ぜ、味を見て塩気が足りなければ足し、器に盛る。

☆イタリアンのシェフ日高良実《ひだかよしみ》さんが学生時代によく作っていた、青春時代の思い出の味だそうです。

文春文庫

枝豆《えだまめ》とたずね人《びと》

ゆうれい居酒屋《いざかや》5

定価はカバーに
表示してあります

2024年6月10日　第1刷

著　者　山口《やまぐち》恵《え》以《い》子《こ》

発行者　大沼貴之

発行所　株式会社 文藝春秋

東京都千代田区紀尾井町 3-23　〒102-8008
ＴＥＬ　03・3265・1211㈹
文藝春秋ホームページ　http://www.bunshun.co.jp

落丁、乱丁本は、お手数ですが小社製作部宛お送り下さい。送料小社負担でお取替致します。

印刷製本・TOPPAN

Printed in Japan

ISBN978-4-16-792229-0